৪৷৩

ಜಿ2ಚ

భయం

ಐ4ಬ

EL SOLDADO FELICIANO

ჯ5ცჳ

ಜಾರಿ

MARIA DE LOS ANGELES MARTIN MENDOZA

EL SOLDADO FELICIANO

ଔଠ7ଔଠ

EL SOLDADO FELICIANO

Mª DE LOS ÁNGELES MARTÍN MENDOZA

Depósito legal: M-54723-2008

Autora: Mª De Los Ángeles Martín Mendoza

Diseño y maquetación: Ismael Ramos Martín

෫ഗ8ൟ

In memorian
A mis padres
Vicente y Timotea

ಹ9ೞ

Todo lo que sigue a continuación, ocurrió realmente, solo se han cambiado los nombres de las personas. Todo pasó en los pueblos y ciudades que se describe...Incluidas las palabrotas de Rita

Jamás hubo una guerra buena o una paz mala.

Brunete, 1937, en el Barracón número cinco hay mucho jaleo de entradas y salidas. Uno de los soldados, le dice al Cabo que entraba en ese momento:

-Mi Cabo, hay un soldado llorando.

-No me extraña, con lo que tenemos hoy encima, tendrá miedo, y no le culpo.

-No, mi Cabo, no es un cobarde, es uno de los camilleros de Sanidad.

- ¿Sabes quién es?

-Si, es Feliciano, el Toledano.

-Tendré que llamar al Capitán y está bueno, hoy han caído no menos de treinta en menos de tres horas.

- ¿Puedo hacer algo, mi Cabo?

-No, ya voy yo.

El Cabo Romerales, iba camino del Cuerpo de Guardia cabizbajo y pensativo. No sabía cómo entrarle al Capitán ¡Con lo que este tenía encima!

- ¿Da usted su permiso, mi Capitán?

-Adelante Romerales, ¿Qué ocurre ahora? Si no es importante no quiero saberlo.

-Uno de los muchachos del número cinco está llorando.

-La madre… ¿Y qué quiere que haga yo? ¿Qué le limpie la nariz?

-Seguro que ha caído alguno de sus compañeros- Espetó el cabo.

Pero en ese momento se levantó el capitán y fue hacia el barracón. Cuando entró, todos los soldados que allí estaban, se pusieron en pie. Feliciano ni se dio cuenta.

Los soldados, se miraban, unos a otros, pensaban, "se le va a caer el pelo" claro que poco pelo se le podía caer, porque estaba totalmente, rapado. El Capitán, se acercó al camastro donde estaba sentado el soldado, que tenía algo entre sus manos.

-Soldado, ¿Que le ocurre?

Feliciano, casi ni se movió, miró al Capitán con los ojos llorosos, sin poder hablar y le enseñó, lo que tenía entre sus manos cerca del corazón. Era, un retrato de una bella joven, con una preciosa niña en sus brazos.

- ¿Es tu esposa?

-Si mi Capitán

- ¿Qué tiempo tiene la niña?

-Un año y tres meses.

- ¿Cuánto tiempo hace que no las ves?

-Tenía la niña dos meses.

-Bien, coge la maleta. Tienes treinta días de permiso. Vete a verlas y buen viaje.

-Gracias mi Capitán.

Feliciano, empezó a hacer la maleta ayudado por sus compañeros más cercanos, que le gastaban bromas, algunas pesadas y pícaras, pero él, no se las tenía en cuenta.

Mientras sus compañeros seguían metiéndole cosas en la maleta, él continuaba mirando la fotografía.

En un momento le dio la vuelta y, sin querer, se fijó en la fecha en la que Rita había estado en Toledo…

- ¡Dios mío! - Exclamó.

Todos los presentes, le miraron, él les mostró la fecha. Era el día 18 de septiembre de 1936, uno de los días que había sido bombardeado Toledo.

La mañana de ese horrible día, el bando republicano, intentaba asaltar la posición defensiva, que las fuerzas sublevadas, mantenían en el Alcázar de Toledo.

Los días previos a esa fecha, mineros venidos de Asturias excavaron un túnel para aproximarse, a los muros. Desde el día 16 de Agosto, estos mineros, habían estado cavando, dos minas en la parte sudoeste del Alcázar. Acabaron los trabajos de construcción de la mina a las 6.31 horas, de la mañana del día 18…Una mano desconocida, activó el mecanismo eléctrico.

Eran, dos minas cargadas, aproximadamente, con 2.500 kilos de Trilita cada una de ellas.

Sí se sabe, que fueron detonadas por orden de Francisco Largo Caballero, Presidente de la República, destruyendo totalmente una de las torres y matando a los dos defensores que se encontraban en ella, además, de numerosas personas, civiles y militares, que se encontraban, dentro del Alcázar.

Pasaron muchos días, hasta que, pudieron contar exactamente, cuántas víctimas había, la lista era interminable.

La explosión, se observó y sintió a kilómetros de distancia. La voladura, se realizó ante un enorme despliegue de medios y autoridades. Encabezado por el Presidente de la República. Que contempló, la explosión, desde los cerros cercanos a la ciudad.

El efecto causado por la mina, voló el torreón y parte de la fachada oeste del Alcázar y volatilizó, parte del sur.

El ataque fracasó a causa de la enconada resistencia de los defensores, a pesar, de que les siguieron bombardeando durante toda esa noche y el día siguiente.

Tras disiparse el humo, los asaltantes vieron, como había quedado convertido en una pila gigantesca de escombros y ceniza.

Entre las 1.800 personas que se encontraban en el Alcázar, había hombres, mujeres, ancianos y niños que allí estaban refugiados desde hacía ya dos meses. Se quedaron sin víveres y tuvieron que alimentarse con los caballos de los soldados. De entre las muchas carencias que tenían, una de ellas era el agua. No había agua y la sed, mataba como las balas.

El origen de este Alcázar, se remonta al siglo III. Fue un Palacio pretoriano en época romana.

Después fue destruido por los Visigodos, para construir a su vez, un Palacio Fortaleza.

Reforzado por los árabes. Ahora, volvía a estar otra vez casi destruido.

Esta vez, por el odio, entre hombres. Que no tenían, los mismos pensamientos.

No fue un milagro que, la esposa de Feliciano y su hija, no se encontraran dentro del Alcázar, fue…que no pudo correr lo suficiente, cargada como iba, con la niña en sus brazos.

Ella, cuando empezaron a sonar, las sirenas, se encontraba en la Plaza de las cuatro calles. Tenía que caminar toda la calle del Comercio, hasta desembocar en la Plaza de Zocodover. De esta plaza, al Alcázar, había una distancia de unos 300 metros. Le quedaba un poco retirado de donde ellas se encontraban. Por ese motivo, se dirigió, animada por varias personas, que corrían desesperadas, hacia un refugio cercano.

Tras un duro enfrentamiento posterior, el ejército Republicano no consiguió acceder a la plaza, que continuó ocupada, hasta ser liberada por el General Varela.

Después de comprobar la fecha de la fotografía. Todos los compañeros de Feliciano, recordaron lo ocurrido allí. Pues había sido público y notorio, que fue un verdadero desastre. Empezando, cuando hicieron prisionero al hijo del Coronel Moscardó.

Bien recordaban todos, lo ocurrido:

Los asediantes, amenazaron con matar a su hijo Luis si el Alcázar no se rendía. El jefe de las milicias socialistas de Toledo, Cándido Cabello, hablando por teléfono con el coronel Moscardó, le dijo:

-Son ustedes responsables de todo lo que está ocurriendo en Toledo. Le doy un plazo de diez minutos para que rinda el Alcázar, de no hacerlo, fusilaré a su hijo Luis, que lo tengo aquí a mi lado.

Moscardó contestó:

-¡¡Lo creo!!

-Y para que vea que es verdad, ahora se pone al aparato.

Luis Moscardó Guzmán habló:

- ¡Papá!

- ¿Qué hay hijo mío?

-Nada, que dicen que me van a fusilar si no rindes el Alcázar, pero no te preocupes por mí.

-Si es cierto. Encomienda tú alma a Dios. Da un, viva a Cristo Rey y a España, y serás un héroe, que muere por ella. ¡Adiós, hijo mío, un beso muy fuerte!

-Adiós papá, un beso muy fuerte.

Vuelve a coger el aparato Cándido Cabello.

El coronel Moscardó le dice:

-Puede ahorrarse el plazo que ha dado y fusilar a mi hijo, el Alcázar no se rendirá jamás.

El 23 de agosto de 1936, después de tenerlo un mes prisionero, murió fusilado Luis Moscardó Guzmán.

Tenía 25 años.

El 27 de Septiembre, cuando el general Varela al mando de sus tropas liberó a los asediados. El coronel Moscardó, le dio la novedad diciendo:

-Mi general, "Sin novedad en el Alcázar"

Al terminar la contienda. Se le concedió la Laureada de San Fernando, la más alta condecoración española.

En el primer convoy que salió de Brunete, iba el buen Feliciano camino de su pueblo natal… Recas.

Este medio de locomoción improvisado, le dejó en Villaviciosa de Odón, después de haber pasado varias horas por caminos y carreteras de tierra.

Allí, esperó a que llegara alguien o algo que le pudiera acercar hacia su destino.

Cuando ya estaba medio desesperado, vio una camioneta en la que estaban cargando víveres para otro cuartel, se acercó y preguntó:

- ¿Me podéis llevar?

- ¿Hacia dónde vas?

-Voy a Toledo.

-No dices tú nada, a Toledo. Nosotros, vamos a veinte kilómetros de aquí, te podemos llevar.

-Bueno, mejor eso que nada.

Feliciano, cogió *su maleta de madera*, se montó en la camioneta, con los demás y emprendieron el viaje.

No habría pasado más de una hora, cuando oyeron el ruido de un motor de avión, el conductor apretó el acelerador, pero un sargento que iba al mando de la misión, ordenó:

-Rodríguez, pare el motor.

-Mi sargento viene muy deprisa. ¿Es de los nuestros?

-No lo sé, pero por si acaso, todos fuera, hacia las cunetas.

Todos, salieron corriendo hacia donde les había recomendado el sargento. Feliciano corrió como los demás, pero tenía más mérito. Porque no soltaba *su maleta de madera*.

Cuando ya estaban todos fuera de la carretera, vieron acercarse el avión y justo, cuando estaba sobre la camioneta, soltó una bomba sobre ella y la partió por la mitad.

Los soldados, todos, incluido Feliciano, miraron al sargento como diciendo: *Nos ha salvado la vida*.

Después de este percance, otra vez se quedó Feliciano sin medio de locomoción, pensó. ¿Cuándo llegaré a ver a mi niña?
Ese día no la vio, ni el siguiente, ni al otro.
Después de que lo recogieran, pasado el percance de la camioneta, y dando varios rodeos, llegó a Móstoles. De ahí a Fuenlabrada. Aquí, hizo noche y a la mañana siguiente, después de comprar las famosas rosquillas de la Tía Javiera, (las llamadas rosquillas de Fuenlabrada), emprendió viaje hacia Parla.
Al atardecer, llegó a Illescas, en un carro que venía de Madrid, después de haber dejado, hortalizas en el mercado Central de Legazpi. Quiso seguir viaje, pero el hortelano, le ofreció su casa para dormir. Este le aconsejó:
-Cene usted en mi casa conmigo, descanse y mañana emprenda viaje ya descansado. De su pueblo, suelen venir muchos carros cargados de cebollas y a lo mejor a la vuelta le recoge alguno.
Así lo hizo Feliciano.
A la mañana siguiente se lanzó carretera adelante.
Iba caminando, por el Pueblo de Illescas, cuando preguntó en una panadería, si había algún coche de línea hacia Toledo.
Le respondió el panadero:
-Yo voy a Yuncos, a llevar pan y harina, si quiere puede venir conmigo.
-Si muchas gracias, de Yuncos a Recas, voy yo de un salto.
Y así fue como el soldado Feliciano...por fin llegó a Recas.

జ్ఞ20ఁ

Antes de recibir la fotografía que le mandó su esposa, esta, también pasó lo suyo para hacérsela.

En Recas, no había fotógrafo, y ella como tenía la ilusión de que su esposo viera, lo preciosa que tenía a la niña. No se le ocurrió otra cosa, que buscar quien, y donde le haría una fotografía a su hija,

El sitio más cerca, que encontró, era Toledo, que distaba de su Pueblo, veintisiete kilómetros.

- ¿Y cómo voy a Toledo? -Se dijo.

En plena guerra Civil, en mil novecientos treinta y siete. No solamente no había coche de línea, ni tren, ni siquiera un carro tenía. Pues bien, decidió ir...caminando.

Se levantó una mañana, con el alba, cogió a su niña en brazos, que por cierto estaba bien hermosa y debía de pesar bastante, y empezó a caminar y caminar.

Hasta llegar a la carretera principal, había ocho kilómetros. De ahí a Toledo, diecinueve más.

Pero ella, iba caminando hacia su destino tan contenta. El paisaje era agradable, exceptuando, que las cunetas de la carretera, estaban llenas de cadáveres de hombres jóvenes. Que habían luchado por algo que quizá a ellos no les importaba, y tampoco sabían, qué era, ni para que servía.

A mediodía, ya estaba Rita en Toledo. Con su niña en los brazos, un trozo de pan y queso en la bolsa, y la ilusión de hacerse un retrato para mandárselo a Feliciano.

Cuando localizó un fotógrafo y estaba a punto de retratarlas, la niña se puso pesada y empezó a llorar. No había modo de calmarla si no era dándole de mamar. Rita estaba nerviosa, entonces el fotógrafo le dijo:

-Señora no se preocupe ¿Cómo se llama la niña?

-Se llama Claudia, le respondió Rita.

Como el fotógrafo ya tenía todo preparado anunció:

-No se preocupe, que la niña va a salir mejor que usted.

Efectivamente, el hombre, tenía razón y experiencia, haciendo señas a la nena la llamó por su nombre.

-Claudia, Claudia…

Y les hizo el retrato. Cuando terminó comentó:

-Venga dentro de un par de horas, y ya la tendré lista, verá como han salido bien, sobre todo Claudia.

-De acuerdo, -respondió Rita, y se marchó.

Como no tenía a nadie a quien visitar, ni familia en Toledo, se dedico a pasear por la Ciudad. Cuando tuvo hambre, se comió su pan con queso. Con la niña no tenía problema pues la alimentaba de sus pechos.

Estaba dando de mamar a la nena, sentada en una piedra que había a modo de banco, al lado de una puerta. Cuando empezó a sonar una sirena y la gente corría despavorida hacia un refugio, un hombre le advirtió:

-Corra señora, ¡por aquí!

- ¡Al Alcázar no nos da tiempo, vamos al refugio! Gritaba una mujer, con dos niños de las manos.

Como Rita, no sabía qué hacer, corrió tras la mujer abrazando fuertemente a su niña.

En pocos minutos, llegaron a la *"Boca"* de un enorme agujero, rodeado, de unas grandes piedras rocosas. Tenían que casi tirarse al suelo para entrar. Todo el mundo corría y se atropellaban, para poder entrar a la seguridad del refugio.

Cuando Rita vio, donde se tenía que meter con su hija. Le dio tal pánico, que pensó. >>Yo en ese agujero no entro<<.

Se sentó sobre una de las enormes piedras que había junto a la boca de entrada al refugio con su niña en el regazo...Y ahí... Aguantó, el famoso bombardeo, que dejó a Toledo casi hecho una ruina y su hermoso Alcázar, destrozado.

Cuando los aviones, ya se habían ido, empezaron a salir gentes. Unas de sus casas, donde se habían escondido, en sótanos y cuevas que tenían en los bajos de las casas. Otras, de los refugios, y los que pudieron del Alcázar.

Rita, no tuvo que salir de ninguna parte. Puesto que no había entrado.

Tampoco se preocupó mucho en ver los daños acaecidos después, de tan espantoso bombardeo. Se levantó del pedrusco, en el que se había sentado. Cogió a su niña en brazos y caminó hacia la casa del fotógrafo.

Y cosa curiosa, el buen hombre, como había dado palabra a ésta buena mujer, de tenerle la "foto", se pasó el bombardeo trabajando. Así, cuando Rita apareció por la puerta, el hombre le manifestó:

-No sabe la alegría que me da verla, señora. Mire que bien están las dos.

-Si es verdad, la niña está preciosa.

-Ya se lo dije, que la niña saldría bien y usted también.

Cogió la fotografía, la guardo entre unos papeles y la metió en su bolsa, se despidió del hombre y se marchó hacia Recas.

Tenía veintisiete kilómetros por delante. Pero eso a ella no le importaba, y no por ello iba despacio, no, todo lo contrario, parecía que la niña no le pesaba.

Solo se paró, un par de veces, para dar de mamar a la pequeña, que, además, en cuanto había saciado su apetito, la cría se dormía, para mayor incomodidad de su madre. Pero ésta seguía, caminando, caminando, caminando.

Cuando vio la torre de la Iglesia de Villaluenga, pueblo que lindaba con Recas, pensó:

¡Ya casi estoy en casa!

Y así fue, como Rita y su hija se retrataron, para mandarle una fotografía, a su amado esposo y padre…Feliciano.

Después de salir de Yuncos, donde almorzó con el panadero y tras darle las gracias, Feliciano caminó hacia Recas a campo través.

Como iba a buen paso, en unas dos horas y media llegó a la casilla de los camineros de la carretera de Recas.

Con su maleta de madera y una docena de rosquillas de Fuenlabrada, ensartadas en un cordel de cáñamo.

Cuando vio, su conocida carretera, de piedras y arena, suspiró, con alivio. Pero cuando había caminado un par de kilómetros más y vio "*la Oliva del Moro*" rompió a llorar como nunca había llorado.

¡Estaba en casa!

Ya estaba cerca de las primeras casas, a la entrada del Pueblo, cuando salió una mujer por la puerta de su casa, y cuando vio a Feliciano; gritó de alegría y espetó a su hija:

-Corre Faustina, avisa a "la Rita" que viene Feliciano.

La tal Faustina, que no debía de haberse lavado bien los oídos. Y, tanto ella, como todo el pueblo, estaba con la mosca tras de la oreja. Sin pensárselo dos veces, salió corriendo por la calle principal dando gritos:

¡Que vienen los Milicianos, que vienen los Milicianos!

De los mil seiscientos cincuenta habitantes, aproximadamente, que había en Recas por aquellas fechas, no salió ni uno solo de su casa. Pues de verdad creían, como ya les habían amenazado con anterioridad, que eran invadidos por milicianos.

Faustina llegó a la Plaza. Como no vio a nadie, no sabía qué hacer. Feliciano le iba pisando los talones. Pero él iba a lo suyo. Este cuando llegó cerca del Ayuntamiento, se encaminó a la derecha y siguió hacia su casa, en la calle del Toril.

Con su maleta de madera y sus rosquillas de Fuenlabrada.

Por supuesto, que ni siquiera se fijó en Faustina ni en la madre que la parió. Que había ido a buscarla, y le fue dando pescozones, hasta que llegaron a su casa, más arriba de la ermita de San Blas. Esta ermita estaba situada en las afueras del pueblo. Más o menos a quinientos metros de la Plaza.

Feliciano, fue por la solitaria calle hacia su casa. Cuando llegó a la puerta, cogió la aldaba y dio unos golpes, pero nadie le abría.

Rita, estaba en la cama con su niña. No es que tuviera miedo, porque ella era muy valiente. Pero en esos tiempos, y estando sola en casa, no hizo intención de abrir.

Otra vez, sonó la aldaba. Rita se levantó. Con mucho cuidado se arrimó a la puerta. Escuchó, y en ese momento volvió a sonar, un aldabonazo, que casi la deja sorda, y además, se llevó un susto mayúsculo.

- ¿Quién es? - Preguntó. Con potente voz.

-Abre mujer, soy yo, Feliciano.

Muda se quedó. No sabía si había escuchado bien, pensó. ¿Estaré soñando?

Se acercó a la ventana del portal, desde donde se veía la puerta. Levantó un poco el visillo y, no se desmayó, porque las mujeres de Recas son fuertes, muy fuertes.

Abrió la puerta y se echó en los brazos de Feliciano, que la recibió sin soltar, ni, *la maleta de madera, ni, las rosquillas de Fuenlabrada.*

Entraron en la casa abrazados, y por fin, Feliciano, soltó *la maleta de madera y las rosquillas de Fuenlabrada,* estas con mucho cuidado, las puso sobre una mesa.

Después de ver y abrazar a su esposa, lo segundo que quería hacer, era, besar a su hija. La niña, estaba durmiendo y con mucho cuidado se acercó al dormitorio.

Se asomó desde la puerta entreabierta y en ese momento, quizá por los ruidos que hicieron, la niña se despertó.

Fueron los dos hacía la cama, pero al ver la cría, a una persona extraña, (la dejó con tres meses), empezó a llorar.

La tomaron en brazos y "que si quieres arroz Catalina" no paraba de llorar.

Rita se metió con ella sola en el cuarto. Le acarició la cabecita. La puso a mamar y se quedó dormida.

Cuando, ya hubieron charlado un rato y Feliciano comido algo, este, abrió *la maleta de madera.*

Sacó un *"chusco"* de pan. Era la ración que le correspondía cada día, y como no tenía otro regalo que darle, se lo ofreció a Rita. Esta lo cogió como si de una joya se tratase, y se lo acercó a su pecho. Lo depositó, envuelto en un blanquísimo paño, en un baúl que tenía en su dormitorio, entre sábanas… y se fueron a la cama.

Pero la niña, parecía un galgo oliendo una liebre, abrió los ojos y cuando vio otra vez al pobre Feliciano, no lloraba, berreaba. Así que, otra vez, vuelta a empezar.

Como cada vez que intentaban acostarse, la niña lloraba, tomaron una decisión.

En la primera ocasión que se durmió, despacito, despacito. Cogieron unas mantas y se marcharon a dormir…al pajar. Hicieron un lecho de paja seca y dorada que olía a estío.

Pusieron las mantas y se acostaron, abrazados. Apenas podían hablar. Después de un año de separación, no hacía falta, sus silencios, lo decían todo.

Al amanecer, Rita, trató de levantarse despacio, pero Feliciano la tenía entre sus brazos y se despertó.

-No te vayas, le dijo.

-La niña me reclama tiene que mamar.

-Ven pronto.

Rita fue a donde estaba la niña, que tenía ya los ojos abiertos como platos y gruñía como un perrito pequeño. En cuanto notó la presencia de su madre, se movió hacia ella, le puso el pecho y así se quedaron las dos dormidas.

Pasadas las nueve de la mañana, salió Feliciano del pajar. Fue al dormitorio. Se sentó en una silla, y se quedó mirando a sus dos amores. Hasta que se despertaron.

Pasaron tres días antes de que Feliciano y Rita pudieran dormir en su cama. A esas alturas, la niña ya parecía que se había hecho "amiga" de su padre.

4

Después de seis o siete días de estar Feliciano en su pueblo tan a gusto con su mujer y su hija…

Un día apareció caminando, por la calle principal, que desembocaba, en la Plaza, una escuadra de falangistas que impresionó un poco a las sencillas gentes de Recas.

Como jóvenes que eran y muy buenos mozos. Con sus uniformes azules y las boinas rojas, llamaban mucho la atención.

Había varias personas en la Plaza, entre ellas, estaban Rita con su madre, su niña, a la que no dejaba, ni a sol ni a sombra, su suegra y varias personas más.

Los falangistas, rompieron filas y se desperdigaron por todo el Pueblo, quedaron cerca del Ayuntamiento, los de mayor graduación. Como era casi mediodía, uno de ellos, un teniente, que iba al mando de la escuadra, dirigiéndose a las mujeres, preguntó en voz alta:

- ¿Alguna de ustedes nos haría una comida?

Ninguna respondió.

Entonces, Rita, que apenas tenía veintitrés años recién cumplidos, con toda la valentía del mundo, exclamó con una voz tan potente, como la que había empleado el falangista:

-Yo se cocinar. Les haría la comida. Pero en casa, no tengo apaño para tanta gente.

-Si usted nos hace una comida, nosotros, le proporcionaremos los ingredientes.

Dicho y hecho. Rita, se marchó hacia su casa con su madre y su niña.

No había pasado, ni media hora, cuando llegaron varios de los falangistas a su casa. Llevaban, pollos, aceite, pan y todo lo que era necesario para hacer un guiso. Incluido, como era lógico, el vino. Que por cierto en Recas era y seguirá siendo muy bueno.

La comida que les hizo Rita les debió de gustar mucho, no en vano ella había sido cocinera. A partir de ese día cocinó para ellos hasta que se marcharon.

Les hacía dos comidas diarias, a mediodía y por la noche. Eran educados, respetuosos y amables.

El teniente, se había empeñado en que tenía que bautizar a la niña y además ser el padrino. Pero tanto Feliciano como Rita le decían que ya estaba bautizada, cosa que era cierta. Pero él no cejaba en su empeño y de vez en cuando salía con las mismas. Claro que siempre se llevaba la misma respuesta.

Rita y Feliciano, pasaron a ser, *Los Patronos*, como ellos los llamaban.

Comían todos juntos, especialmente Feliciano, que se hizo muy amigo de todos ellos. Por las noches, cuando terminaban de cenar y sus ocupaciones se lo permitían, jugaban a las cartas.

Hacía ya dos semanas, que los falangistas habían llegado a Recas, cuando, se empezaron a ver corrillos de mujeres en la plaza, y reuniones, en algunas casas, pero lo curioso era que, a los hombres, se les veía tranquilos, ellos iban a sus trabajos y por la tarde, se reunían en la taberna del pueblo, para echar una partidita a las cartas.

Eran precisamente, algunas mujeres, las que no estaban muy contentas con tener el Pueblo casi invadido por las tropas. O al menos, eso era lo que ellas creían, y pensaron. Y cuando las mujeres piensan. Hacen...

Y decidieron hacer algo, que propiciara su marcha, ellas, no sabían que estaban allí por su bien. Por supuesto, que era un grupo minoritario de mujeres a las que no les caían bien.

¿Qué podían hacer? ...siguieron pensando y llegaron a una conclusión. Lo que decidieron hacer fue...

Una manifestación.

Y pensado y hecho.

Corrieron las voces y quedaron, *tal día a tal hora*, en la ermita de San Blas...

Llegó el, *tal,* día.

Empezaron, a reunirse grupitos de mujeres. No serían muchas, pues el pueblo, apenas tenía trescientos habitantes. Entre ellas, estaban la madre y la hermana de Rita. Esta, había ido a casa de su suegra, que vivía un poco más arriba del punto de encuentro de dicha manifestación.

Cuando salió con su niña en brazos y vio la reunión de varias mujeres del pueblo, en el cual todas se conocían. De momento se quedó parada. Pero al ver a su madre y hermana, se acercó a ellas y preguntó:

- ¿Que hacéis aquí?

Mientras estaban explicándole, lo que hacían, empezaron a caminar por la calle abajo hacia la Plaza y no se dio cuenta Rita, de que iba casi la primera, con su niña en los brazos.

Cuando, estaban desembocando, en dicha plaza. Vieron, que a los dos lados de la calle y enfrente, las estaban esperando.

No un falangista ni dos. Si no toda la escuadra al completo. Con el Teniente Camacho al frente.

De momento, se quedaron un poco mudas y paradas. Pero al segundo, reaccionaron y echaron por su boca todo lo que quisieron y les dio la gana... y nada de lo que dijeron se lo habían enseñado las monjas.

Algunas personas. Hombres y mujeres. Niños y niñas. Abuelos y abuelas, de momento, se echaron a reír.

Pero se supone que, a los soldados, incluido el Teniente, no les hizo mucha gracia, y las rodearon a todas.

Las hicieron ponerse en fila frente al Ayuntamiento y les hicieron un juicio *"sumarísimo"* que les corten el pelo a todas.

Eso en aquella época, era una de las cosas peores que se le podía hacer a una mujer…pero lo hicieron.

Cuando Feliciano vio a "sus mujeres" en primera fila, le dio un vuelco el corazón.

Se fue hacia ellas.

Uno de los falangistas, se interpuso en su camino, pero claro, él no se iba a quedar quieto. Ni él, ni otros hombres, los cuales, presenciaron el hecho. Cuando el falangista, que estaba al mando de la operación, vio que varios hombres, igual que Feliciano, se acercaban, mandó llamar al Teniente que estaba dentro del Ayuntamiento, viendo como pelaban a una señora.

Ya lo habían hecho con tres.

Este, salió a la puerta y dirigiéndose a Feliciano le preguntó:

- ¿Qué pasa patrón?

-Pues que la patrona está en la fila.

El teniente buscó a Rita con la mirada, al verla, preguntó a uno de sus compañeros:

- ¿Iba ella en la manifestación?

Este le contestó:

-Iba la primera.

Era cierto, pero ella no sabía que era una manifestación. Sino un grupo de vecinas caminando calle abajo. El teniente dirigiéndose a Rita le anunció:

-Usted váyase a casa y venga aquí cuando yo la llame.

A partir de ese momento. Todos los hombres que había en la Plaza, y otros muchos, que iban llegando, porque se habían enterado de lo sucedido. Empezaron a arrimarse hacia la puerta del Ayuntamiento, a ver si estaba, entre las mujeres detenidas, alguna esposa o madre.

En ese momento.

Al ver las caras de esos hombres de Recas, tan fuertes y viriles. El teniente Camacho, con muy buen criterio, dio la orden de que las señoras, se fueran, cada una a su casa.

Pero las tres o cuatro primeras... no se libraron de perder su melena.

Después de este episodio, parece ser, que ni los soldados, ni las gentes del pueblo, se miraban ya, con muy buenos ojos.

Rita les seguía haciendo de comer. Pero fuera de la casa, ya no había esa camaradería que habían tenido, con las gentes del pueblo desde el principio.

Pasadas dos o tres semanas más, el destacamento recibió órdenes de dejar el pueblo.

Quizá, ya habían cumplido su misión y tenían que marcharse.

La verdad, es que quitando esa parte de "peluquería", no se portaron mal.

De hecho, cuando se marchaban, salieron muchos a saludarlos y desearles buen viaje y buena suerte.

Rita los despidió, con lágrimas en los ojos. Feliciano, también estaba emocionado.

El teniente Camacho, cogió a Claudia en sus brazos y mientras le daba un beso, seguía insistiendo en querer bautizarla antes de marcharse. Quizá no se fue tranquilo... Pero podía estarlo, Claudia estaba bautizada.

Pocos días después, se le terminó a Feliciano el permiso y con todo el dolor de su corazón, se dispuso a preparar, *su maleta de madera*.

Seguro que ahora, le iba a pesar mucho más que cuando llegó al pueblo. Colocó en ella: su barra de jabón de afeitar, su brocha, una palangana, pequeña, de aluminio y un frasco de alcohol, para después del afeitado. Unos calcetines de lana que le había hecho

Rita, un Jersey, también de buena lana con cuello alto para los fríos días de la Sierra Madrileña. Una muda completa y el retrato de su esposa e hija que tanta historia tenía.

Todas las despedidas son tristes, pero esta era muy, muy, triste.

El día de la partida, Feliciano, que ya se había despedido de Rita y de su hija la noche anterior. Se levantó con el alba y lo hizo muy despacio. No quería despertar a Rita, y mucho menos a la niña.

Él se iba con un amigo hortelano, en un carro lleno de hortalizas, con destino al mercado central de Legazpi, en Madrid.

No fue por el ruido que hiciera, si no que su esposa, había dormido toda la noche, como las liebres, con un ojo abierto. Y por supuesto, se despertó.

Salió de la alcoba y se abrazó a su marido llorando... y lloraron los dos.

-No llores Rita, que voy a volver pronto.

-Cuídate, no te expongas al peligro-. Le decía llorando.

(No se imaginaba ella lo que era un camillero de Sanidad Militar).

-No te preocupes. - ¿Dónde está la merienda?

Rita le había preparado comida para el viaje. En una hogaza de pan blanco, partida por la mitad y quitada la miga, en el hueco le había puesto unas magras de cerdo y en otra, igualmente hueca, le puso una tortilla de patatas.

Estaban guardando la comida. Cuando se oyó el traqueteo del carro de Toribio. Feliciano, se puso nervioso, y Rita más.

Se abrazaron.

En ese momento, se paró el carro en la puerta. Cogió, *su maleta de madera,* el paquete de la comida y salió sin dejar de mirar, hacia donde estaba Rita llorando.

Él seguía mirándola con la cabeza vuelta hacia atrás, y no dejó de mirarla, hasta que, el carro, empezó a rodar y dio la vuelta en la esquina de la calle que iba hacia la Plaza Mayor del pueblo.

El carro rodeó el "Pilón" que había en el centro de dicha plaza. En el cual, abrevaban las caballerías, y las mozas iban a diario a llenar sus cántaros de agua. Llenaron las cantimploras de agua fresca para el camino y enfilaron la calle arriba.

Otra vez Feliciano, al llegar a la *"Oliva del Moro"* volvió a llorar. Pero esta vez, disimuladamente, para, que su amigo Toribio no lo notase.

Pararon a comer, un poco antes de llegar a Illescas. Donde había un pinar, recién plantado. Allí se sentaron en una manta que, llevaba Toribio en el carro, y se repartieron la comida. Pero el hortelano, no quería comer de lo que llevaba Feliciano y le aconsejó:

-Guárdate tu merienda que te va a hacer falta, no sea que tardes en llegar al cuartel y te encuentres sin comida.

-Bueno por lo menos vamos a comernos la tortilla. Dijo Feliciano.

Así lo hicieron, comieron la hogaza con la tortilla de Feliciano y un buen trozo de tocino de Toribio, todo ello regado con un magnífico vino que este llevaba en una bota de cuero.

Cuando llegaron a Griñón, se despidieron, pues ya tomaban caminos distintos.

Toribio se fue hacia Móstoles y Feliciano a Navalcarnero. Aquí, le recogió un convoy, que precisamente iba a Brunete.

Cuando Feliciano llegó a su destino, la Compañía, a la que el pertenecía comandada por el General Varela, estaba en Villaviciosa de Odón. Enseguida se puso en camino hacia allí. Llegó con un poco de retraso…pero llegó.

Cuando lo vieron sus compañeros, lo abrazaron y le hacían preguntas de toda índole, él les contestaba, poco a poco.

-Ven, comentó uno de los militares, vamos a la cantina que ya te has perdido la cena. Le acompañaron, casi, una docena de soldados. Pasaron a la cantina, se sentaron todos juntos en una mesa y pidieron unos vasos de vino. Entonces, Feliciano, que no se había comido la hogaza de pan blanco rellena de magras de cerdo bien frititas, que, aunque estaban hechas de dos días antes y por supuesto, frías, no fue inconveniente. Las sacó del talego y los soldados, todos a una, dijeron: ¡Oh! Y le dieron un aplauso, a las magras, que le había preparado su esposa. También se dio cuenta, de que Rita le había puesto en el talego, chorizos y un buen trozo de tocino magro, todo lo puso en la mesa.

Todos los compañeros más cercanos y algunos que se arrimaron, probaron, la rica hogaza de pan, las magras y los chorizos de Recas. ¡Ah! Y un poco de vino que le había dado su paisano Toribio con la bota y todo.

5

Mientras tanto, Rita estaba con su niña triste y alegre a la vez.

Triste, porque ya no estaba Feliciano con ellas. Alegre por que había tenido la fortuna de tenerlo por lo menos un mes. Otras esposas, no habían tenido esa suerte. Por ejemplo, la hermana de Feliciano, que tenía a su esposo lejos y además en el bando contrario de sus hermanos. Y no por su gusto. Pues a los jóvenes soldados, que estaban luchando, en uno y otro bando, nadie les pidió parecer. Ni a donde querían ir. Ni en que bando, querían luchar.

Su cuñada, estaba con seis hijos varones, el más pequeño tenía dos meses más que Claudia, su primita.

Rita, se tenía que buscar un trabajo, pero en el pueblo poco había, así que, tuvo que trabajar en el campo.

Buscó una niñera para su hija y se fue, a lo que le salía. De ese modo. Además de estar un poco distraída. Ganaba para lo más esencial.

Habían pasado unas semanas después de haberse ido Feliciano, cuando Rita supo que estaba embarazada. De momento, sintió la alegría propia de saber que iba a tener otro hijo. Después, lo pensó mejor y, se dijo así misma:

¡Dios mío! y yo aquí sola.

Empezó a darle vueltas a su cabeza. Cómo, y de qué manera, se lo iba a decir a Feliciano.

Ella, no sabía leer y como es lógico, mucho menos escribir. Cuando él, le mandaba las cartas, se las leía la niñera de la niña y ésta, también escribía cuando Rita se lo mandaba.

Pero una cosa tan íntima e importante, no le parecía a ella bien dictárselo a la jovencita niñera, que solo tenía quince años.

Se puso a pensar, y pensó, se preguntó y se volvió a preguntar. Ella sola se dio la respuesta:

Tenía que ser ella misma quien se lo dijera a Feliciano, antes que él, nadie debía saberlo.

Pero claro, no iba a ser fácil que el soldado viniera pronto a Recas y, ella no sabía, ni tenía medios para ir a Brunete. Sin saber que él ya no estaba allí.

Volvió a darle vueltas a su cabeza hasta que encontró una solución:

Un día, que estaba con varias mujeres y su madre lavando en el río Guadarrama, que distaba, tres kilómetros del Pueblo y además, traía unas aguas tan límpidas, que se podían beber y corrían totalmente transparentes. De hecho, algunas señoras, mientras lavaban la ropa, hacían fuego y ponían el puchero con el cocido, que con esa agua les salía perfecto. Pues bien. Cuando ya por la tarde. Después de recoger la ropa ya seca, que la habían echado sobre las zarzas y olía que daba gloria. Rita le comentó a su madre:

-Madre, tengo que ir a ver a Feliciano.

-Pero hija, si no hace ni cuatro semanas que se ha marchado.

-Sí, ya lo sé, pero yo tengo que hablar con él.

- ¿Ocurre algo malo, a la niña o a ti?

-No madre, no nos ocurre nada malo, al contrario.

- ¿Y cómo piensas ir?

- ¿Vendrá usted conmigo?

-Si es necesario, si.

-Entonces iremos…caminando.

Mientras esto ocurría en Recas, Feliciano iba en una ambulancia con otros cinco camilleros de Sanidad Militar, camino de Brunete. Pues, entre este pueblo y Quijorna, había habido una gran escaramuza y tenían que recoger a varios heridos.

Nada más llegar, donde se había librado la batalla, saltaron los soldados de las ambulancias. Con la camilla en vertical y de lado, corrían los camilleros, uno en cada extremo. A veces tenían que ir agachados para evitar las balas.

Cuando llegaban a donde estaban los heridos, ponían la camilla en el suelo, echaban, al herido más próximo y corrían otra vez hacia la ambulancia, donde se los entregaban a los médicos y enfermeros. Estos los recogían. Si no estaban muy graves, allí mismo los curaban. Por el contrario, si revestían gravedad, los metían en una ambulancia y salían corriendo, hacia el hospital de campaña.

Después de hacer varios viajes recogiendo heridos y al llevar la camilla de canto entre los dos, Feliciano y su compañero veían como las balas atravesaban la lona de su camilla. Era milagroso que no les dieran a ellos.

Uno de los compañeros, que venía con un herido casi les ordenó:

-Id a aquella loma, que hay muchos heridos.

Cuando llegaron, vieron, con horror, que su compañero tenía razón, no había muchos, si no muchísimos, entre ellos varios moros.

Colocaron la camilla en el suelo, como tenían por costumbre y recogieron, al primero que tenían a mano.

Sin mirar quien era.

Ni de donde había venido.

Ni qué color tenía.

Cuando, empezaron a levantar la camilla. Un moro, que estaba herido, y como no lo habían recogido a él primero, masculló:

- ¿Moro no, español sí?

Y sin esperar respuesta, cogió un fusil que tenía a mano y disparó al compañero de Feliciano, dejándolo muerto en el acto.

Los demás camilleros, se quedaron de piedra y mudos por el horror, de ver, a su compañero muerto. Y de una muerte tan inútil.

Sintieron, una rabia tal, que, sin pensarlo, apenas, entre unos y otros, a culatazos, remataron al moro, dejándolo allí para ser enterrado.

Cuando terminó la refriega y estaban todos reunidos en la retaguardia, más de uno, lloraba por su compañero, que no hacía más de cuatro horas, que, habían estado todos juntos, jugando al mus.

Esa noche durmieron poco.

Algunos, rezaron mucho.

Otros lloraron hasta el amanecer.

Al día siguiente, muy temprano, salieron hacia Navalagamella. Cuando llegaron y se estaban instalando en su barracón, Feliciano, preguntó al sargento Pajares:

-Mi sargento ¿Cuánto tiempo vamos a estar aquí?

-Toledano. ¿Acabas de llegar y ya tienes ganas de saber si vamos a estar mucho tiempo en este pueblo?

-Solo quería saberlo, para escribir a mi esposa y que me pueda ella, escribir a mí.

-Bueno. Pues aquí, de momento, y si no pasa nada raro, vamos a quedarnos, por lo menos uno o dos meses.

-Gracias mi sargento, ahora mismo voy a escribir a casa, si no manda usted nada.

-Vete tranquilo, que si hay que hacer algo te vas a enterar pronto. Y se fue hacia su cama, cogió papel y pluma y se puso a escribir una carta a su mujer e hija.

Cuando Rita llegó a su casa, después de haber trabajado lo menos seis horas, escardando unos campos de lentejas, cerca del río. Vio con gran alegría encima de su cama, una carta de Feliciano.

Le tenía dicho a la niñera, que le dejara las cartas que venían a su nombre, en su habitación. Como no recibía más correspondencia, sabía de sobra, que era de su marido.

Aunque no la iba a leer ella, porque no sabía, siempre le gustaba abrir sus cartas. Una vez abierta y mirado bien el sobre por dentro. Entonces la daba para ser leída.

En esta carta, le contaba Feliciano. "Que estaba bien y que se acordaba mucho de ella y de la niña. Pero especialmente de ella. Que les habían cambiado de sitio, ahora estaban en Navalagamella, no muy lejos de Brunete".

No se podían decir intimidades, pues al no saber ella leer eran muy discretos. Lo único que tenían en secreto, para ellos solos, dado que Rita, no sabía leer, era, al final de la escritura, de la carta, y después de haber firmado Feliciano, se veían unas cruces.

Eso quería decir… que cada cruz era un beso.

Él ponía muchas cruces. Pero cuando ella contestaba a su carta y después de que la chica se marchaba. Cogía el papel y…ponía una << R >> mal hecha y muchas cruces. Tantas, que terminaba, con todo el papel en blanco, que le había dejado "su secretaria".

Cuando ésta le leía la carta de Feliciano, le preguntaba, que eran esas cruces. Rita le respondía que quizá eran los días que Feliciano estaba fuera de casa.

Ese día, cuando la niñera se marchó, Rita cogió a su niña y fue a casa de su madre.

Como lo hacía muy a menudo, la señora Paca no se extrañó.

-Madre, he recibido carta de Feliciano, dice que está en Navalagamella ¿Sabe usted donde está eso?

-No hija, (tampoco sabía leer) ni por lo mas remoto.

- ¿Quién nos lo podría decir?

-El que mejor lo sabrá…será el señor Maestro.

-Pues tenemos que ir a hablar con el… Y fueron.

Don Nicolás, las recibió encantado y cuando supo el motivo de su visita, se echó las manos a la cabeza.

-Pero Rita hija, ¿como vas a ir desde Recas a Navalagamella tú, con tu madre y tu niña, solas y sin medio de locomoción?

-Usted don Nicolás, dígame donde está ese pueblo.

Después de mucho hablar y explicar. El buen maestro les hizo un mapa. Tan bien hecho y tan sencillo estaba, que a Rita le dieron ganas de salir corriendo en ese mismo momento.

Con su papel en la mano. Su niña en brazos y su madre detrás de ella, salieron de la casa de don Nicolás, el macstro, más contentas que unas castañuelas.

Sin saber lo que tenían por delante, pero contentas… sobre todo Rita.

Desde donde estaba Feliciano con sus compañeros, en la retaguardia, se oía el tiroteo. Era una mala noche.

Llovía, como vulgarmente se dice, a mares. Los que no estaban de servicio, pasaban el tiempo jugando a las cartas. Otros descansaban y otros, esperaban a ser llamados. Para coger sus camillas e ir en busca de heridos.

Jugaban al tute.

Eran, un grupo de cuatro, e iban de compañeros. Feliciano era un buen jugador. Se le daban bien todos los juegos de cartas. Por ese motivo, todos los soldados querían ir de compañero con él. (Aunque algunas veces para divertirse, hacía alguna trampa, y la hacía muy bien).

Ya llevaban cuatro manos y no habían perdido ni una. Su compañero Cleto, estaba disfrutando mucho.

Una de las veces, Feliciano le hizo la seña, anunciándole, que tenía el caballo. Este a su vez le hizo la seña, del rey. A la siguiente vez que ganaron, Feliciano cantó las cuarenta. Su compañero Cleto, se quedó perplejo. Entonces uno de los soldados que estaba jugando espetó:

-A ver enseña las cuarenta.

Ya conocían su fama de tramposillo.

El compañero de Feliciano, se puso blanco. Pues, aunque era un juego para pasar el rato se sintió apurado.

Feliciano, con mucha maestría, cogió las cartas y las enseñó, no sabemos de que manera. Porque su compañero, Cleto, se quedó atónito. Pues él tenía el rey. Entonces, se dio cuenta y se imaginó, que había cantado las cuarenta, con el caballo y la sota.

Se quedó mudo, rojo, blanco y de todos los colores. Los demás, ni se dieron cuenta. Al final empataron, y se tomaron unos vasitos de vino que era lo que se jugaban y todos tan contentos.

A partir de ese día, Cleto, siempre quería jugar de compañero con él, ya no era solo por ganar si no que se divertía mucho con las trampas de Feliciano.

Parece ser, que, con la cortina de agua que estaba cayendo, los combatientes, se tomaron un respiro y dejaron de pegarse tiros.

Mientras estaban en el barracón, al pie de la chimenea, en la que crepitaban, buenos leños de encina, unos charlando y otros ahuyentando sus penas cantando. Llegó un camión lleno de soldados, procedentes de León, Zamora y Salamanca.

Los pobres, llegaban empapados. Con hambre, pues apenas habían comido en todo el día, cansancio y sueño.

Enseguida, les hicieron un sitio, al lado de la lumbre, para que se quitasen, las ropas empapadas, y les dieron de comer. También un poco de vino y un "aguachirri" que le llamaban, café, y que, a los recién llegados, les pareció el mejor café del mundo.

Como aparentemente, la noche, se había tranquilizado. Se dispusieron a pasarla lo mejor posible. Por lo menos secos y calentitos.

Se estuvieron presentando.

Daba la casualidad, que uno de los recién llegados de León, se llamaba Feliciano. Que no tenía ninguna importancia, si no fuese, porque, además del nombre, también coincidían, los dos apellidos, Rodríguez Muela.

Con el correr de los días, se hicieron muy amigos.

Se llamaban. Tocayo, por aquí, tocayo, por allá. Siempre que podían, estaban juntos. Y cuando tenían que salir de servicio, cogían la misma camilla y caminaban juntos, hacia el campo de batalla.

Cuando estaban de descanso. Se contaban, cosas de su tierra y los compañeros, los escuchaban con deleite. Daba gloria oírlos.

Cuando el Toledano, hablaba de cómo eran los campos de Toledo. Se le llenaba la boca de la grandeza, de la llanura manchega. Campos enormes, sembrados de trigo, avena, cebada, garbanzos y toda clase de cereales. Las viñas, con sus higueras. Los melonares y las huertas. Los animales domésticos. Pollos y gallinas, cerdos...

-En todas las casas de mi pueblo hay un cerdo- dijo Feliciano con la mayor naturalidad del mundo.

Se echaron a reír algunos de los que le escuchaban. Pero el leonés le comentó:

-No hagas caso, que, en muchos hogares de los pueblos de León, también hay cerdos, si no ¿como íbamos a tener esos buenos jamones y chorizos?

- ¿Eres del mismo León?

-No, soy de Navatejera. Un pueblo muy bonito. Con muchas montañas y tierras, yermas a veces, y casi siempre fértiles. También tenemos ganadería, agricultura y cerca, dos ríos preciosos. El Bernesga y el Torío. Los dos tienen buena pesca, sobre todo, truchas, y unas riberas muy verdes. Y con árboles frondosos. También, como en tu pueblo, hay animales domésticos y lo mejor de todo, las mujeres son muy guapas.

Todos los soldados, les dieron un aplauso. Por el amor que sentían los dos por su patria chica.

Tanto el toledano como el leonés, los dos se pusieron en pie. Feliciano, el de Toledo, indicó:

-Vamos a la cantina, a brindar, porque todos nos vayamos pronto a nuestro pueblo.

Así lo hicieron, se marcharon todos juntos hacia la cantina.

Se sentaron en una mesa. Pidieron unos vinitos y una baraja. La noche parecía que iba a ser tranquila, y esta vez Feliciano no hizo trampas cuando jugaron al tute.

Hacía más de un mes, que estaban en Navalagamella, cuando un cabo llamó a Feliciano:

-Oye tienes un paquete en la oficina del capitán.

Fue a recogerlo y cuando lo vio, se quedó parado. No era un simple paquete ¡Era un cajón enorme de madera!

Después de firmar el resguardo del correo, pidió ayuda, para llevárselo a su barracón. El mismo cabo, le ayudó y le acompañó.

Los soldados, que estaban en ese momento dentro, sentados en sus camastros, se sorprendieron del enorme "paquete".

Como es natural, enseguida empezaron a abrirlo, y según desataba cuerdas y rompía ataduras, se iban acercando más soldados y en un momento, estaban allí todos los que no tenían servicio en ese momento.

Cuando terminó de abrirlo. Se quedó impresionado. Él y todos los que estaban con él. Curiosamente, solo faltaba el otro Feliciano, el de León. Pero no tardaría, pues había ido a recoger su ropa limpia.

Dentro del cajón y muy bien colocado había:

Un enorme chorizo blanco, un buen trozo de cecina, otro de panceta, un botillo muy bien envuelto en un paño de tela y cosido para que no se rompiera. Varias tortas dulces y una lata bastante grande llena de amarguillos.

A los muchachos, se les estaba haciendo la boca agua y Feliciano no salía de su asombro, pues, la mayoría de las cosas que había en el cajón, no sabía lo que era. Pero advirtió:

-Bueno chicos hoy vamos a cenar de maravilla.

En ese momento, llegaba el otro Feliciano, él leonés. Cuando vio aquel cajón con tan ricas viandas, que, además, reconoció en ese mismo momento, como cosas típicas de su tierra, preguntó:

- ¿De quién es eso?

Un compañero le contestó:

-Es de tu tocayo, pero no sabe lo que son la mayoría de las cosas.

- ¿Quién te lo manda? - Volvió a preguntar el leonés:

-Supongo, que será de mi madre. Pero es que yo no he visto estas cosas nunca antes de ahora.

-Mira, explicó el leonés: El chorizo, la cecina y la panceta, en todas partes son igual. Pero el botillo, solo lo hay en León y los amarguillos, también son dulces típicos de mi tierra.

- ¡Dios mío! - ¡A ver si el paquete es para ti! - Vamos a aclararlo en la oficina del capitán. Allí me lo han dado.

Efectivamente, como se llamaban igual y tenían los mismos apellidos, había sido un error. Se lo habían dado al toledano, porque este, era más conocido, por llevar más tiempo allí. No hubo ningún problema. Pero esa noche, los vasitos de vino en la cantina, con los exquisitos fiambres y dulces de León, les supieron a todos, a Gloria.

Y a llevaban mes y medio en Navalagamella, los que habían llegado de León, Zamora y Salamanca. Cuando una mañana, después del desayuno, los reunió su capitán y les comunicó que se marchaban a Robledo de Chavela.

A los que habían llegado antes también. Desde Brunete y Navalagamella, los mandaban a Colmenar del Arroyo.

Cuando, rompieron filas. Todos fueron a abrazarse, unos con otros.

Los que tenían más amistad como era el caso de los dos Feliciano, no pudieron evitar que se les saltaran las lágrimas.

Se abrazaron, se hicieron promesas. Dijeron que ya se escribirían y se visitarían, cuando terminara esta absurda guerra.

Pero lo que no sabían ellos, era, que no iban a volver a verse jamás.

Pocos días después, supieron, que Feliciano, el de Navatejera, había "caído", en una escaramuza, antes de llegar a Robledo de Chavela…

Varios días después, aún se recibió un paquete de su madre con ropas de abrigo, especialmente, calcetines de lana. Su buena madre, no quería que su hijo pasase frío en la sierra de Madrid…

Cuando estaban montando en los camiones que les iban a llevar a Colmenar del Arroyo. Feliciano se estaba quedando rezagado y aunque sus compañeros ya estaban casi todos arriba, el seguía quieto.

Cuando ya estaba todo el convoy formado y solo faltaba el capitán. Un sargento de los que se iban a quedar en Navalagamella le preguntó:

-Toledano - ¿Qué esperas ahí abajo?

El pobre con toda la humildad del mundo se acercó y le contestó:

-Mi sargento, es que, estoy esperando un poco, para ver si llega el correo, porque… espero carta de mi mujer.

El sargento, un poco conmovido lo tranquilizó diciendo:

-No te preocupes, que, dentro de dos o tres días a lo sumo, me reuniré con vosotros en Colmenar, si hay carta, yo te la llevaré.

-Gracias mi sargento.

Subió al camión, que ya estaba arrancando y tuvo que ser ayudado, por los compañeros para subir.

En ese momento todo el convoy se puso en marcha.

También, en ese momento, Rita, su madre y la nena se ponían en camino para ver a Feliciano y decirle algo muy importante que tenía que saber.

Salieron de Recas, al amanecer. Fueron primero a Villaluenga para enterarse, si algún tren iba con destino a Madrid. Pero, les dijo el jefe de estación, que iba a ser difícil, pues, venía con mucho retraso, si venía. Ellas no podían esperar, así que, como se suele decir, cogieron, carretera y manta.

De momento se fueron por la carretera principal hasta Yuncler. Siguieron, hasta Numancia. Aquí se tuvieron que parar un poco, a la fuerza, pues todavía le daba de mamar a la niña. Cuando ya hubo saciado su apetito la nena, siguieron su camino. A mediodía, se pararon a almorzar, en los mismos pinos que hacía poco más de un mes había comido Feliciano con su amigo

Toribio, cuando iba de regreso a incorporarse a su regimiento, después del permiso que había disfrutado. Este pinar, estaba a un lado de la carretera, cerca de Illescas. No se detuvieron mucho tiempo, porque, tenían miedo de no poder volver a caminar si se paraban. Después de comer, enseguida continuaron viaje.

A todo esto, se iban turnando con la niña, pues ya pesaba bastante. Así que, cuando una se cansaba, pedía ayuda a la otra.

De este modo, pasaron por Griñón. De aquí a Móstoles y ya muy entrada la tarde llegaron a Navalcarnero.

Ya tenían los pies bastante hinchados. Se fueron hacia el Cuartel de la Guardia Civil, para enterarse si había algún medio de llegar hasta Brunete o, a Navalagamella.

Lo que no sabía Rita. Era que su Feliciano, ya no estaba ni en Brunete, ni en Navalagamella.

En el cuartel de la Guardia Civil, les dio pena, después de que las dos mujeres, dijeron, que venían andando, casi desde Toledo.

El guardia de puertas, que estaba oyendo, cómo Rita, contaba la hazaña, mirando al Comandante de Puesto le comentó:

-En un par de horas sale un camión de intendencia hacia allí, creo que no sería difícil, que las puedan llevar.

-Entérese Ramírez, y haga lo que pueda por estas señoras.

El guardia civil, se fue, y al rato volvió, contento y, con la esperanza de que las iban a llevar, posiblemente a su destino.

Estaban sentadas, en un gran banco, de madera, en el portal del cuartel de la Guardia Civil, tomándose un vaso de leche caliente que les había llevado la esposa de uno de los Guardias Civiles, que vivían ahí, cuando, vieron, que venía muy deprisa, un militar. Al llegar, este preguntó, dirigiéndose a las dos mujeres:

- ¿Son ustedes las que quieren ir a Brunete?

-Si, respondió Rita.

-Pues vamos que las están esperando. En menos de media hora salimos para allá.

Las dos mujeres dieron las gracias. Siguieron al soldado después de darles las gracias también. Tanto a los Guardias civiles, como a la señora, que tan amablemente, les había obsequiado con el vaso de leche.

Era un camión grande, cubierto con una lona. Dentro había muchas cajas y sacos que parecía que estaban llenos de harina. Aunque había no menos, de una docena de soldados dentro, había amplitud suficiente, para las dos mujeres. El sargento, que iba a ir al lado del conductor, inquirió dirigiéndose a Rita:

-Señora, usted con la niña puede ir en mi sitio, yo iré atrás.

-No gracias. Puedo ir muy bien en el camión. Además, así voy con mi madre también.

-Lo que usted mande señora. De todas maneras, el viaje es corto y no tardaremos mucho en llegar.

Dirigiéndose a los demás soldados les comunicó:

-Procuren que las señoras vayan lo más cómodas que sea posible, cierren la trampilla.

Se fue hacia la cabina del camión. Se subió al primer peldaño y antes de sentarse, dio una fuerte voz...

¡Adelante!

Rita y Paca, se sentaron en sendos sacos de harina. Los soldados, lo hicieron en el piso del camión.

Uno de ellos dirigiéndose a Rita, le preguntó:

- ¿Señora, por favor, me deja que lleve yo la niña?

Rita, de momento titubeó. Pero después, le dijo que sí y se la tendió hacia sus brazos.

Parece ser que a Claudia le gustó el soldado. Pues nada más cogerla en brazos. Le obsequió con una risita.

Él le dio un beso en el moflete tan gordito que tenía y comentó:

-Yo, tengo un hijo, de un año y hace más de seis meses que no lo veo. Está en Cáceres, con su madre y los abuelos. - ¿Cómo se llama la niña?

-Claudia y tiene año y medio.

-Mi hijo se llama Antonio, y es muy fuerte y guapo.

-Ojalá que lo vea usted pronto. Respondió Rita.

Así charlando de sus hijos y haciéndole gracias a Claudia, también los demás soldados iban distraídos y se les hizo el viaje más corto.

Cuando llegaron a Brunete, ya era noche cerrada. Descargaron algunas provisiones y continuaron viaje a Navalagamella.

Y por fin, Rita, con su hija Claudia y su madre, la señora Paca, feliz y contentas, llegaron a su destino.

De noche, lloviendo, con hambre, sed, ganas de una cama, y para rematarlo, los pies de las dos, parecían, que iban a explotar de lo hinchados que los tenían.

Se apearon del camión y fueron ayudadas amablemente por los soldados, que las invitaron a entrar en el cuartel.

El primero que vio llegar la expedición fue el sargento Pajares, que, cuando vio a las señoras, miró al cabo que venía al mando de la intendencia y con la mirada, le dijo todo. Este se fue hacia él y le comunicó:

-Mi sargento, son la esposa, hija y suegra de Feliciano, el de Toledo.

Si al sargento le hubiesen dado una noticia buena para él, quizá no le habría complacido tanto, como la que tenía delante de sus narices. Sonriendo de oreja a oreja exclamó:

Él espera que yo le lleve una carta. Pero le voy a llevar al remitente, y por Dios, que no me perdería por nada del mundo, la cara de este soldado cuando la reciba.

Fue hacia las damas, sonriente, saludó a las dos y mirando a la pequeña le rogó a Rita:

- ¿Me permite tomarla en brazos?

Ella ni se lo pensó dos veces. Según tenía a la niña, la puso en los brazos del sargento. Él al cogerla, le dio un beso en la carita redonda y sonrosada, y comentó:

-No me extraña que tu padre, llorara tanto por ti pequeña, eres preciosa.

Le dio otro beso y se la pasó a su madre.

-Señora ¿sabe usted que ya no esta aquí su marido?

-No, no lo sabía ¿le ha ocurrido algo malo?

-Lo único malo que le ha pasado, es que está a varios kilómetros de aquí. Pero no se preocupe, que mañana salimos hacia donde él está, ustedes, vendrán con nosotros. Dirigiéndose a los soldados, expuso:

-Bueno muchachos, supongo que no habéis cenado, así que vamos todos al comedor. Y mirando a las señoras les indicó:

-Ustedes también, y espero que les guste la cena.

- ¿Qué tenemos hoy mi sargento?

Preguntó a voces un soldado de los que habían llegado en el camión.

-Lo mismo que las tres últimas semanas ¿te gusta?

-Yo había pensado, que, como tenemos invitadas. Sacaría usted el jamón ese que tiene escondido.

- ¡Que gracioso nos ha salido el extremeño! –Mañana vas a fregar todas las perolas de comida y cena.

-Já, já, já. Rieron todos.

Cuando iban hacia el comedor, el sargento Pajares reparó en los pies que tenían las dos señoras y les preguntó:

¿Qué les pasa en los pies?

Rita, le contó la caminata, que se habían dado hasta llegar ahí, y el hombre, no pudo por menos que emocionarse de la valentía de esas mujeres.

En plena guerra, distante más de cincuenta kilómetros, con una niña en brazos y casi sin comer…Por ver a su esposo. ¡Admirable!

-Cuando cenen se pasan por la enfermería, voy a avisar al medico.

-No, no se moleste, si esto no es nada malo.

-Ya se que no es nada malo. Pero de lo que se trata, es que se alivien cuanto antes, así, no pueden caminar más. Y, además, no van a poder descansar.

Se marcharon, hacia el comedor, precedidas por los simpáticos soldados. Se sentaron en una gran mesa, que estaba desocupada, porque, ya habían cenado los pocos soldados, que allí quedaban, y se dispusieron a cenar, en "Paz" y Gracia de Dios.

La cena fue amena, pues los chicos eran jóvenes y tenían ganas de reír. Incluso con la tragedia de la guerra que tenían delante.

Cenaron, un estofado de cabrito, con patatas, pan, vino y ese día, se había esmerado el cocinero y les había preparado arroz con leche de postre.

Comieron, con buen apetito, y, Rita se sorprendió de lo bien cocinado que estaba todo (ella había sido cocinera antes de casarse con Feliciano).

Ya casi habían terminado de cenar, cuando apareció el sargento Pajares con el médico y dirigiéndose a las señoras les anunció:

-Aquí está el doctor Zamorano. Viene, para ver sus pies.

Cuando el doctor las reconoció, les aconsejó:

-Pongan los pies en una buena salmuera y manténgalos en alto. Tienen que ponerse una almohada debajo, y mucho descanso. Si necesitan algo más, no tienen más que llamarme. ¿La niña está bien?

-Si muchas gracias doctor. La niña está bien, gracias otra vez.

El sargento, dirigiéndose al cabo de guardia le ordenó:

-Gutiérrez, acompañe a las señoras al número cinco que no hay nadie. Allí podrán descansar perfectamente. De usted depende su bienestar, mientras estén con nosotros.

El cabo las acompañó, al barracón número cinco. Justo donde había estado Feliciano hasta que se marchó. El cabo les anunció, señalando una litera:

-En esta cama dormía su marido.

Se marchó, y al rato volvió. Traía, sendos barreños de agua caliente con bien de sal. Les entregó unas toallas. También les dio las buenas noches y antes de marcharse, les comunicó:

-Ha dicho el sargento, que descansen, esta noche y todo lo que puedan de mañana. Salimos hacia Colmenar del Arroyo al atardecer.

-De acuerdo y muchas gracias a todos. Han sido ustedes muy amables.

A Rita, le hizo ilusión ver el camastro donde había dormido Feliciano durante tantos meses. Levantó la manta, quitó la almohada y puso allí a su niña. Ella se acostó a su lado. Primeramente, preparó los barreños de salmuera, y metieron los pies, hasta que el agua se quedó casi fría. Después, arregló una cama para su madre. Y quitando varias almohadas de las otras camas vacías, se las colocó debajo de sus pies. Que en vez de pies, parecían morcillas de Burgos. Una vez que estuvieron cómodas, se dispusieron a dormir.

No había pasado más de un cuarto de hora, cuando se empezaron a oír unos tremendos "truenos" según la señora Paca. Pero Rita le explicó:

-No madre, no son truenos de tormenta, son cañonazos.

Su madre, enmudeció y empezó a rezar, hasta que se quedó dormida.

Por la mañana, a eso de las ocho, apareció un soldado y les anunció:

-Señoras, ya pueden ir a desayunar. Las espero en la puerta para acompañarlas al comedor.

No se hicieron de rogar.

Cogió Rita a su niña en brazos la envolvió en una pequeña mantita y acompañada de su madre, siguieron al soldado.

En el comedor estaban: un cabo y una veintena de soldados. Todos ellos, se pusieron en pie, cuando entraron las señoras. Ellas, se sentaron en una mesa, que les habían preparado, cerca de la chimenea.

Un soldado les llevó, una jarra de leche de cabra bien calentita y una hogaza de pan. Que las dos degustaron como el mejor de los majares.

Uno de los soldados, que estaba desayunando, era el extremeño, que había llegado con ellas en el camión, con Claudia en sus brazos. Se levantó y fue a interesarse que tal se encontraban sus pies.

Las dos mujeres a la vez dijeron:

- ¡Muy bien, mire!

Y ambas, le enseñaron su pie derecho, como si fueran Cenicienta esperando el zapatito de cristal.

La verdad, es que habían mejorado muchísimo, pero el soldado les comunicó, que, hasta la tarde, podían seguir descansando…

No sabían ellos como eran Rita y su madre. Pues no se estuvieron quietas en toda la mañana. Recogieron las camas donde había dormido. Fueron a la enfermería a ver si podían hacer algo para ayudar. Como les dijeron que no, fueron a la lavandería. Allí, también les dijeron, que no había nada que hacer. Pero ellas, seguían empeñadas en colaborar en algún trabajo.

Ya cansadas, de dar vueltas, fueron a ver al sargento, para que les diese, alguna faena donde entretenerse, hasta que llegara la hora de la partida. Este, como ya había oído, que andaban de un lado para otro buscando algo que hacer y para tenerlas controladas. Les pregunto si sabían cocinar. A lo que Rita respondió:

-Señor, soy cocinera…

-Pues vengan conmigo.

Llegaron a la cocina y le espetó, a bocajarro, al cabo cocinero:

-Martínez, hoy tiene ayuda, estas señoras, tienen ganas de echarle una manita.

Las dejó y se marchó. Con una maliciosa sonrisa en sus labios, al ver, la cara que puso el cabo de cocina.

A las doce del mediodía, estaba el cabo Martínez en la puerta de un patio anterior a la cocina.

Se estaba fumando un cigarro tranquilamente y tomando el Sol, con un vasito de vino tinto en la mano.

Al pasar por allí el sargento y ver tan relajado al cabo cocinero le preguntó:

- ¿Que pasa hoy? ¿Es que no vamos a comer?

Pero al momento, enmudeció al notar el agradable olor que salía de la cocina.

El cabo Martínez, con una sonrisita, no menos guasona, que la que le había echado el sargento, cuando le dejó con las dos señoras a sus expensas y en medio de su cocina. Le contestó tranquilamente:

-Creo que sí que vamos a comer. Pero yo no sé qué. Las señoras, me dijeron esta mañana, que saliera a dar un paseo, que ellas se encargaban de todo, y como, aunque "manos blancas no ofenden" por si acaso, yo las he dejado y me he pasado toda la mañana en mi litera tan ricamente.

-Pero les habrá dicho lo que tenían que hacer de comida. ¿No?

-No me han dado tiempo, ni de hablar. Cuando han visto los quince pollos, que estaban preparados para la cena que teníamos prevista con el Capitán, me ha preguntado la señora más joven:

- ¿Hay vino blanco por algún sitio?

-Les he dado una botella y ya no se nada más. Hace un rato he visto a la señora más mayor, tirando mondas de patata al corral.

El sargento, entró en la cocina como una exhalación. Lo que vieron sus ojos y olieron sus narices, lo dejaron paralizado:

En dos perolas, habían repartido los pollos troceados y cocinados, en una riquísima *pepitoria*. Que, dicho sea de paso, olía a gloria bendita, y, además, varias bandejas estaban llenas de patatas fritas en cuadritos.

Al ver entrar al sargento Pajares, las dos señoras a la vez, fueron hacia él y le preguntaron:

- ¿Le parece bien la comida, Sargento?

El hombre solo atinó a decir:

-La comida me parece bien… ya veremos la cena.

Ellas, que, no sabían de qué iba la cosa. Creyeron que no había quien cocinase por la noche, entonces, propusieron, que después de comer y antes de marcharse, les podían dejar la cena hecha.

Desde luego, Feliciano tenía una joya en casa… Pensó el sargento.

Cuando empezaron a llegar los soldados, a la hora de comer, y olieron lo que allí se había cocinado, y después lo vieron. Se quedaron asombrados.

Los que no entendían de cocina pensaron. ¡Como con unos pollos y unas pocas patatas, se podía hacer un guiso tan rico!

Algunos no habían visto nunca las patatitas fritas en cuadritos, y pensaron, que había sido un trabajo muy entretenido. Pero, de todos modos. Se chuparon los dedos.

Rita, estaba muy contenta de haber sido útil de alguna manera. Quisieron fregar los utensilios, y dejar recogida la cocina, como si de su propia casa se tratase, pero no las dejaron.

Un soldado, fue de parte del sargento, les comunicó que estuviesen preparadas a las seis de la tarde, momento en que partirían, hacia Colmenar del Arroyo.

Antes de las cinco, estaban, las tres, al lado del camión que las llevaría, por fin, a ver a Feliciano.

Cuando las vio, el sargento Pajares, que iba acompañado de un soldado hacia el camión donde iban a viajar, sonrió, después las invitó a Rita y a su madre que subieran a la cabina con el conductor, esta vez, no se atrevieron a llevarle la contraria, como habían hecho en el viaje anterior.

Cabían perfectamente, el conductor, su ayudante y las dos señoras cómodamente, pues era muy amplia la cabina.

En el momento que estuvieron todos arriba, se cerró la trampilla, y se cubrió con la lona las partes que quedaban abiertas. En ese momento alguien ordenó:

-Listos.

- ¡Adelante!

Y arrancó.

El conductor era bueno. Pero como iban por caminos vecinales (por precaución), el convoy daba más saltos que un saltamontes en el mes de agosto. Rita pensó, que, había hecho bien, al hacer caso al sargento, que las mandó que viajasen, al lado del conductor.

Los caminos de la sierra Madrileña, no estaban hechos para ruedas si no más bien para cabras. Por este motivo. Tardaron bastante en llegar, pues iban muy despacio.

Cuando llegaron, a Colmenar del Arroyo, ya era totalmente de noche. Por supuesto, que ya no llegaron a tiempo de fajina. Todos los soldados que estaban en la guarnición ya habían cenado. Unos, se habían ido a descansar, los que tenían algún servicio, como cocina, enfermería o guardias, estaban en sus puestos, y los que tenían ganas de un poco de diversión, como era el caso de Feliciano y algunos compañeros, estaban, echando una partidita de cartas, en una taberna.

Esta pequeña tabernita, estaba en la plaza del pueblo. Era muy acogedora, donde los trataban muy bien.

Nada mas apearse del camión, todos, entraron en el cuartel. Rita y su madre, iban acompañadas por el sargento Pajares. Que no se separaba de ellas, y los demás soldados tampoco, todos tenían hambre, pero ninguno se iba al comedor. No se querían perder, el encuentro de Rita con Feliciano. Todos lo disfrutaban como si fuese cosa suya.

Además, le iban a coger por sorpresa.

El sargento, fue derecho al cuerpo de guardia seguido por las dos mujeres…y los demás soldados…también.

Después, de los saludos de rigor y de hacer las presentaciones, preguntaron, dónde estaba Feliciano, por si tenía guardia o algún otro servicio.

El cabo furriel de armamento que entraba en ese momento confirmó:

-Acabo de verlo en la taberna *"La Sonsoles"* con sus amigos. Hoy no tienen servicio si no pasa nada extraordinario ¡Dios quiera que no tengan que intervenir!

-Oye tú, ordenó el sargento, dirigiéndose a uno de los soldados:

-Ve, y avisa a Feliciano, que venga aquí inmediatamente.

- ¡No!, dijo Rita. Por favor, díganme donde está… yo iré.

-Ni hablar, usted no va sola, yo la acompañaré, contestó el sargento.

-Y yo también, -dijo el soldado de Extremadura-.

-Yo no me lo pierdo, exclamó otro.

Y todos fueron, para acompañar a Rita.

Su madre, se quedó con la niña en el cuartel, pues se había quedado dormidita.

Salieron del cuartel, con dirección a la tabernita de la plaza del pueblo. Cuando llegaron cerca de la puerta, Rita se volvió hacia sus compañeros de viaje y les pidió:

-Por favor, ¿me dejan que entre yo sola primero?

Se quedaron parados.

El sargento, estiró el brazo como impidiéndoles el paso a todos los que venían detrás de él. Y todos, sin excepción, se quedaron parados. Como si hubiesen oído la palabra ¡firmes!

En una mesa cuadrada, estaban cuatro o seis soldados sentados. Jugando a las cartas.

Haciéndoles medio corro había unos cinco o seis más, de pie.

Entre ellos, estaba Feliciano.

Todos los que estaban de pie. Tenían los brazos entrelazados, unos con otros. Estos estaban cantando canciones por ellos inventadas y a la vez, balanceándose.

Lo hacían, de derecha a izquierda y de izquierda a derecha, la música era un poco "ratonera", la letra decía así:

Ayer estuve en las navas.
En casa de la Sonsoles"
Le pregunté ¿tienes novio?
¡Mi novio tiene galones!

Y nosotros le decimos.
Que todos somos iguales.
Que las estrellas de hoy día.
Todas son provisionales.

Ay las Navas, ay las Navas.
Las del marqués.
En las Navas, en las Navas.
Estuve ayer.
Aaaay...las Navas, ayyy...

Con el ¡Ay! en la boca se quedó Feliciano cuando vio en el umbral de la puerta de la taberna, a su esposa.

Se desenroscó de los brazos de sus compañeros a fuerza de tirones. Y fue dando grandes zancadas hacia su amada Rita. Que a su vez. Iba corriendo hacia él, y se fundieron en un abrazo.

Después, él se separó, y cogiéndole la cara con sus grandes manos, la beso en los labios, con una ternura, que hizo estremecerse a más de uno. Si no, a todos.

Todos los que estaban en la taberna en ese momento, tanto militar, como civil. Se quedaron mudos por un rato. Y cuando él siguió besándole los ojos y la cara, que la tenía atrapada, entre sus grandes manos. Los allí presentes empezaron a aplaudir y a darle vivas a Feliciano. Hubo alguno que otro, que se le saltaron las lágrimas.

Ellos, parecía que no se daban cuenta de lo que pasaba a su alrededor. Por eso, el sargento Pajares se acercó y le dijo:

-Muchacho, tengo una carta para ti ¿la quieres?

Él le contestó:

-Ya, no me importa para nada la carta, mi sargento. Y volviéndose hacia Rita, preguntó:

- ¿Y la niña?

-Está con mi madre.

- ¿En Recas?

-No hombre, está aquí en el cuartel.

-Pues vamos a verla.

Emprendieron camino hacia el cuartel, acompañados por el sargento y los soldados, que habían venido con ella desde Navalagamella. Pero también les siguieron los demás soldados que estaban con Feliciano cantando. Y los que no cantaban también, en fin…todos.

Cuando, llegaron otra vez al cuartel, aunque, era ya muy tarde, y los soldados estaban totalmente hambrientos, les prepararon algo de cena y obligaron a Rita y a su madre que los acompañaran en el comedor. Así lo hicieron. Con niña y todo. Esta con el jaleo se había despertado, y cuando su padre fue a cogerla de los brazos de su abuela, empezó a llorar y se echó en los brazos del soldado extremeño. Todos se echaron a reír. Y después de calmarla un poco, se la pasó a su madre, hasta que se volviera a acostumbrar nuevamente, a ver a su padre.

Estaban ya terminando de cenar, cuando entró en el comedor el Capitán. Que ya estaba enterado, de todo lo ocurrido. Todos los soldados se pusieron en pie. Él, los mandó sentarse.

Se hizo un silencio sepulcral. Se dirigió a Feliciano y Rita. A él le saludó militarmente y a Rita, le besó la mano diciéndole:

-Señora, es un honor que nos visite… pero ahora, después de cenar, coja a su marido y en tres días no los quiero ver por aquí.

-Gracias mi Capitán, respondió Feliciano.

Mientras, el sargento, le estaba haciendo señas con la mano para que se diese prisa en marcharse. Por si se arrepentía el Capitán, y entonces tendría que quedarse a dormir en el cuartel.

Uno de los soldados, le dio una dirección, donde podría estar los tres días de permiso, con su familia. Saludó a todos, les dio las gracias, cogió a su niña en sus brazos y tomó a su esposa de la cintura y se marcharon, seguidos por su suegra.

En la dirección que les dieron, no hubo ningún inconveniente. Los recibieron amablemente y les prepararon dos habitaciones rápidamente.

También, les preguntaron si habían cenado y como dijeron que sí les obsequiaron, con un vaso de leche de cabra caliente, después, se fueron a dormir.

Cuando Rita y Feliciano se quedaron a solas él le comentó:

-Estoy muy contento de que hayáis venido. Pero creo que ha sido una temeridad ¿pasa algo?

Rita le contestó:

-Lo que pasa, lo tienes que saber tú solo, y de mis labios.

-Rita me estás asustando ¿Qué ocurre?

-Lo que ocurre, es…que vamos a tener un hijo.

-Rita, cariño, estoy muy contento, pero ¿cómo te has dado tal paliza para darme la noticia? Me podías haber escrito. Aunque bien pensado prefiero tenerte aquí, aunque sea por poco tiempo…Rita, quiero mucho a la niña, pero ¡ojalá! Que el próximo sea un niño. (Más adelante veremos, que su deseo fue cumplido con creces)

Rita sonrió.

-Oye, me he dado cuenta de que la nena sigue mamando ¿no será malo?

-Ya lo he pensado. ¡Pero me da tanta pena quitarle el pecho!

-Pues nada, tienes que hacerlo. Mañana vamos al médico del cuartel y se lo preguntamos, ahora, vamos a la cama que ya es muy tarde y pronto se despertará Claudia.

Claudia y la abuela, se habían acostado en la habitación de al lado. Así Rita y Feliciano, tendrían unas horas de intimidad para ellos solos.

Poco les duró la soledad…ni la intimidad.

Pues la niña estaba emperrada con mamar. Así que llegó su abuela con ella y se la dejó.

Rita le dijo:

-Madre, váyase a dormir, nosotros, nos quedamos con Claudia, porque si no, ni usted, ni nosotros, vamos a descansar.

-Bueno hijos, que descanséis lo que podáis, hasta mañana.

Descansar, lo que se dice descansar, descansaron poco, ya que la niña, cuando no estaba mamando, se dedicaba a empujar a su padre para que no se acercara a su madre.

En algunos momentos, les hacía gracia y se reían, pero había ratos, que se desesperaban… así pasaron la primera noche.

Los dueños de la casa donde tenían pensado residir tres días, eran de lo más amable. Se dedicaban al pastoreo, por lo cual, tenían unos grandes corrales con ganado, por la mañana, muy temprano, lo sacaban al monte.

Cuando los huéspedes se levantaron por la mañana, les prepararon, unos ricos tazones de leche de cabra que eran una delicia y que ellos tomaron con agrado, también huevos fritos y pan recién horneado.

Cuando Juanita, que así se llamaba la dueña de la casa, vio, que Claudia todavía mamaba, se echó las manos a la cabeza. Al ver lo grande que era la niña, intentó darle leche en un vaso, pero ella lo rechazó y señalaba al pecho de su madre con desesperación.

Después de hablar con el médico. Este desde luego le aconsejó que la destetara. Rita, se echó a llorar y por más que Feliciano, el médico y su madre le hacían los cargos, de que era lo mejor para ella, para niña y para el futuro bebé, ella no razonaba. Y además no tenía consuelo.

Pasaron el día siguiente, en el campo acompañando a los hijos de Juanita.

Uno de ellos era una chica de la edad de Rita, que hicieron muy buenas migas, y entre todos decidieron, ayudar, para que Claudia, no mamase más.

Cuando llegaron por la tarde a la casa. Volvían ya muy cansados todos, incluida la niña, que casi no durmió durante todo el día. Así, después de cenar, la abuela se llevó a la pequeña para dormir con ella, por si lloraba durante la noche reclamando a su madre.

Les pusieron, un dormitorio, en la última planta de la casa, así si lloraba la niña, no la oirían.

Conchita le preparó un vaso de leche y se lo llevó al dormitorio que habían preparado, para ella y su abuela. Si tenía hambre se lo daría.

Nadie las oyó, nadie, ni a la abuela ni a la nieta. Suponemos que no pasaron mala noche. A partir de ese día... Claudia no mamó más.

Rita y su madre, que habían ido por poco tiempo, se quedaron tres meses. Todos, estaban como en su propia casa, Rita, cocinaba mucho. Pues como lo hacía muy bien y le gustaba, siempre tenía las comidas preparadas y las cenas a punto. Para cuando venían del campo con el ganado.

Feliciano, cuando no tenía servicio, iba a cenar con su mujer, y siempre arrastraba a algún compañero para comer los ricos asados de cabrito que ella cocinaba.

Como todo lo bueno tiene un fin, esto se acabó, cuando menos lo esperaban...

Un día muy temprano se presentó un soldado en casa de Juanita cuando estaban desayunando.

Esta le invitó que se sentara a la mesa y tomase un vaso de leche, pero el soldado les comunicó:

-Vengo en busca de Feliciano, de parte del sargento Pajares, pues, según me ha contado, abandonamos este puesto. Nos vamos a Las Navas del Marqués. Todos se pusieron en pie, menos Rita, que se quedó sentada según estaba, con su niña en brazos y mirando en un punto fijo de la pared, Feliciano le preguntó al compañero:

- ¿Sabes a que hora nos vamos?

-Antes de mediodía.

-De acuerdo, voy a despedirme de mi familia y en un cuarto de hora estoy allí.

Como estaban todos, tan a gusto, no se esperaban esta decisión de los militares. Pero órdenes, son órdenes, y, Feliciano se dispuso, para partir. Miró a Rita y le hizo una seña para que fuese a la habitación con la niña.

Ya arriba, le peguntó:

- ¿Qué piensas hacer ahora?

Ella, puso a la nena sobre la cama, se echó en sus brazos y lloró. Pero el abrazándola, dijo:

-No llores, creo que pronto esto acabará y volveré a casa. ¿Cuánto tiempo vas a estar aquí?

Ella le respondió:

-Si tú te vas hoy, nosotras salimos mañana de aquí.

-Toma el dinero que tengo. Procura coger algún medio de locomoción, para que te deje lo mas cerca de Recas posible.

-No vamos a Recas. De momento, vamos a Madrid a ver a Doña Atanasia (era la señora donde Rita había trabajado cinco años de cocinera) y después de unos días nos vamos a Recas.

-En cuanto llegue a mi nuevo destino te escribiré. Lo haré a Recas, pues no creo que en Madrid puedas recibir mis cartas.

Y así fue como aquel mismo día, salió Feliciano para Las Navas del Marqués. Rita, su madre y su pequeña hija Claudia, salieron al día siguiente, al amanecer, en un carro cargado de cantaras, de leche, que llevaba el señor Ramón, esposo de Juanita, a Madrid.

La ciudad estaba muy alborotada. Desde donde las dejó Ramón hasta casa de doña Atanasia había mucha distancia, además tenían que ir dando muchas vueltas, por calles que estaban cortadas con barricadas de sacos llenos de arena y escombros...Pero llegaron.

10

Cuando Rita se presentó ante doña Atanasia, esta, se quedó sin habla.

Al momento, exclamó:

- ¡Oh! Rita, es usted la última persona que yo esperaba ver esta mañana. - ¿Les ocurre algo?

-No señora, solo venimos de visita.

Poco rato después. Tomando un poco de café con galletas, Rita le contó a la señora, toda la odisea, desde que había salido de Recas, hasta ese día.

La señora, les dijo que podían quedarse el tiempo que fuese necesario. Pero Rita, le respondió, que solo estarían unos días, ya que exclusivamente, habían ido de paso, para saber cómo se encontraba la familia, en tiempos tan difíciles y también, para que vieran a Claudia, que por algo era su ahijada.

Como las cosas no estaban muy claras entonces en Madrid. Mejor dicho, no estaban nada claras, pensaron que solo se quedarían, dos o tres días, por si escribía Feliciano y no se encontraba en Recas.

Al día siguiente de su llegada. Fue un mal día en Madrid. No había ningún abastecimiento de alimentos en la ciudad. Y, por si fuera poco, ni pan. Entonces, Rita, le comentó a la señora:

-Señora, si tuviéramos harina, yo haría pan.

- ¿Sabe usted hacer pan?

-Pues claro señora, y mi madre también. En casa todo el pan que hemos comido en el pueblo, lo hacía siempre mi madre.

La señora le contestó:

-No se preocupe usted por la harina, venga conmigo.

Bajaron dos pisos por la escalera y llamaron a una puerta pequeña que había en el mismo portal. Esta se abrió. El hombre al ver a Rita, exclamó:

- ¡Hola! muchacha ¿Qué tal estás?

Era el tendero de ultramarinos. Donde tantas veces había ido Rita a comprar en nombre de doña Atanasia.

La tienda estaba cerrada al público, porque casi no había género. Pero el tendero, por la puerta de emergencia que daba al portal de la finca, despachaba, a los vecinos del inmueble, lo poco que tenía y les hacía falta.

-Hola Sebastián, he venido a ver a los señores.

En ese momento, la señora le preguntó:

- ¿Tienes harina?

–Si, si que tengo.

-Pues danos un poco, que Rita nos va a hacer pan.

- ¿Qué Rita va a hacer pan? ¡Que no sabrá hacer esta chica! Comentó el tendero, y, por supuesto que les vendió harina y lo que les hizo falta, y él tenía.

Cuando llegó el señor a la hora de la comida y le dio un agradable olor a pan, recién horneado. No sabía si estaba en su casa o en la panadería. Cuando pasó a la cocina, de donde le venía el agradable aroma y vio el tinglado que allí había, se quedó sin saber que decir. Pero cuando vio a Rita y a su madre, amasando, ya no le cupo ninguna duda de que el maravilloso olor, se debía al buen hacer de su ex, buena cocinera. Después de saludarse él, le comentó:

-Desde que usted se marchó de casa, se ha notado en la cocina. No hemos comido nunca también como cuando estaba usted aquí.

Rita le agradeció el cumplido y siguió a lo suyo. Ni que decir tiene, lo rico que les salió el pan. Tan blanquito y aromático, y que todos, sobre todo los niños, no paraban de alabar las dotes de "buenas panaderas". Tanto a Rita como a su madre.

El señor, comentó:

-Las echaremos mucho de menos, cuando se marchen. Se pueden quedar todo el tiempo que quieran. Además, como Feliciano está en el frente. No creo que usted tenga mucho que hacer en el pueblo.

No las pudo convencer.

Estuvieron cinco días en Madrid, en casa de los señores, y a pesar de que tanto ellos como sus seis hijos no querían que se marcharan tan pronto. Ellas decidieron, que debían partir. Se tenían que marchar para saber, si había habido noticias de su esposo.

Los niños estaban recordando cuando Rita los llevaba al colegio antes de casarse. Y también, como estos días, todas las mañanas dejaba a la niña al cuidado de su madre y los acompañaba, a clase. Después, los recogía y más tarde los volvía a llevar, y como es natural, al final de la jornada tenía que ir otra vez a buscarlos. Total, cuatro viajes. Con lo cual los críos, estaban encantados y seguro, que la iban a echar mucho de menos. Pues, aunque tenían otra chica, a ellos les gustaba más, ir con Rita, porque, según ellos, se lo pasaban muy bien con ella.

Pero la verdad, es que Rita estaba deseando marcharse, por ver si tenía noticias de su marido.

Así, el quinto día Rita, decidió que se marchaban, porque además estaba deseosa de llegar a Recas, por si ya le había escrito su Feliciano. Esa misma tarde, el señor las acompañó a la Estación de las Delicias. Allí cogieron un tren, que las dejaba en

Villaluenga a las diez de la noche, después...ocho kilómetros caminando.

Como ya sabemos, para estas mujeres ocho kilómetros, eran un aperitivo, de caminata. Si los comparamos con los veintisiete de Recas a Toledo, o los más de cincuenta a Madrid.

Cinco días después de marcharse, Rita y su madre de Madrid. Hubo un "bombardeo" aparentemente nutritivo.

Varios aviones, tiraban, sacos de pan marcados con la bandera española. Ordenado por el Gobierno del General Franco.

El bando contrario comentaba que estaba envenenado. Muchos, por miedo le ponían reparos y no lo recogían, pero otros, los más, se lo comían.

Y fue muy curioso...nadie, lo que se dice nadie, murió envenenado, por comer ese pan.

Cuando Rita llegó a su casa y vio que no había ninguna misiva de Feliciano, se decepcionó. Pero su madre la calmó diciendo, que no se preocupara. Que las cartas, tardaban mucho en llegar en las circunstancias en que se encontraba, el País, o sea, en plena guerra, y, además, "cuando no había noticias, era buena noticia ".

Rita, aunque el embarazo estaba ya muy adelantado seguía trabajando en lo que le salía, así parecía que se le pasaba el tiempo sin pensar en penas y miedos.

La niña se le criaba bien, estaba sana y comía estupendamente. Por lo tanto, solo le quedaba, esperar el próximo hijo y...que llegara el padre de los dos.

Un día que estaba Feliciano arreglando las botas del capitán (su oficio era zapatero), apareció, corriendo, el sargento Pajares, que sabía, cómo se encontraba Rita. Le traía una carta y al entregársela, se quedó esperando hasta que Feliciano la abrió. Muchos de los compañeros, que se encontraban cerca, al ver al sargento allí, se fueron acercando, y cuando se dieron cuenta le habían rodeado.

Todos, estaban esperando que Feliciano leyera la carta. El, estaba tan nervioso, que ni se dio cuenta de que estaba en el centro de un corro, de hombres, ansiosos por saber si había buenas noticias. Por fin, abrió la carta y solo se fijó en una palabra... y en muchas cruces.

La palabra, era, *HIJO* y las cruces… ya sabemos lo que eran.

Le empezaron a salir unos lagrimones, que asustó un poco a sus compañeros. Pero después, levantó la vista con una gran sonrisa. Que les dio tranquilidad. Todos, empezaron a aplaudir y a darle la enhorabuena.

El que estaba más cerca, que era el soldado extremeño, también, con lágrimas en los ojos, le abrazó diciéndole:

-Enhorabuena compañero. Que Dios nos ayude para que pronto, podamos ir a ver a nuestros hijos.

Y los dos se abrazaron más fuerte y lloraron juntos. No por eso eran menos hombres. Al contrario, eran muy, muy hombres.

Feliciano, siguió arreglando las botas al capitán y a todo el que lo necesitaba. Así, se le pasaba mejor el tiempo sin pensar, o mejor dicho, tratando de no pensar, en lo que no olvidaba, a su esposa y a sus hijos.

Algunas veces. Cuando, tenía un rato libre. Se alejaba un poco de los barracones. Se sentaba en una roca, que en la sierra madrileña abundan. Se quedaba mirando hacia las montañas.

A las más lejanas.

Las que él creía que eran, y lo eran, el nacimiento del hermoso río Guadarrama, que pasaba por su pueblo…

Y lloraba…

Y lloraba… Porque, no pasaba el río más cerca de donde él estaba. Para poder tirarse a él, e, ir a nado, hasta Recas.

Y lloraba… Porque, quería besar a su mujer y a sus hijos.

Y lloraba… Porque, tenía veintisiete años y estaba donde otros le habían obligado a estar.

Y lloraba… Porque, había perdido a muchos compañeros…

Y lloraba… Y lloraba… Y lloraba.

No era él solo el que lloraba.

Más de una vez. Por las noches. En los camastros. Se oían gemidos ahogados con las mantas. Nadie preguntaba a nadie, todos sentían lo mismo. Muchos, tenían esposa e hijos. Muchos más, tenían a sus padres y hermanos. Otros recordaban, a una novia, su casa o su pueblo.

Pero todos, todos, todos…sentían amor por algo y por alguien.

¿Sentirían amor por alguien los que iniciaron esta absurda guerra?

Cuando los ricos hacen la guerra, son los pobres los que mueren

El ruego del extremeño, parece que fue oído en el Cielo.

No habían pasado más de cuatro semanas, de aquella conversación, entre el extremeño y Feliciano. Cuando la primera y fría mañana del mes de abril… ocurrió.

Estaban, unos, por los barracones, alerta, y muchos en las trincheras dando tiros.

Tanto los de un bando como los del otro, empuñaban sus armas con hastío. Ya eran muchos los días que los muchachos estaban, dándose tiros, unos contra otros. Muchas veces sin ganas. No sabían hasta cuando, nadie, les comunicaba nada, ya fuese para bien o para mal.

Los ánimos, estaban ya por los suelos, o, mejor dicho, por la tierra que pisaban de las trincheras, frías y embarradas por la nieve que había caído, en ellas, del todavía, cercano invierno.

A veces, asomaban un poco la cabeza y se veían. Los más osados. Sacaban una mano y saludaban a su "enemigo".

Los de Sanidad Militar, siempre atentos, por si acaso eran necesarios y actuar lo más rápidamente posible. Por eso, ellos fueron los primeros en ver, como salió el capitán corriendo y dando voces, que no entendía nadie.

Llevaba un papel en la mano. Iba a ponerlo en la tablilla de avisos. Lo pinchó con una chincheta.

Era un parte de guerra que decía así:

En el día de hoy, cautivo y desarmado el ejército rojo, han ocupado las tropas nacionales sus últimos objetivos.
La guerra ha terminado.

Burgos 1º de Abril de 1939

Año de la Victoria

Firmado.

Franco

Los soldados de sanidad, fueron los primeros en enterarse, porque como siempre, estaban en la retaguardia, hasta que eran necesarios. Salieron corriendo hacia las trincheras donde estaban combatiendo sus compañeros, iban gritando.

¡La guerra ha terminado! ¡La guerra ha terminado!

De momento. Los que allí estaban. No entendían muy bien lo que decían sus camaradas. Pero, cuando llegaron más cerca y se enteraron bien. Salieron de sus trincheras y se abrazaron a ellos llorando de alegría.

ಬ80ಣ

Daban saltos, reían y lloraban, todo a la vez.

De pronto. Se dieron cuenta, de que el ejército de las trincheras enemigas también llorando, de alegría, corría hacia ellos con los brazos abiertos, esperando un abrazo. Que por supuesto, lo recibieron, con cariño y lágrimas en los ojos, de unos y de otros. Que se juntaban en la cara de ambos y al llegarles a la boca, estaban igual de saladas, las de un bando como las del otro.

Todos se abrazaron como verdaderos hermanos y se preguntaban.

- ¿Tú de dónde eres?

Y se respondían sin soltarse de los brazos.

-Yo de Jaén.

-Yo de Toledo.

- ¡"Quillo"! que yo soy de Málaga.- Dijo uno con su gracejo andaluz.

-Yo de Salamanca.

- "Chacho" yo soy de Extremadura, ¿hay por aquí alguno de Badajoz?

Y… Así siguieron presentándose, un montón de jóvenes españoles, que se habían peleado, casi sin saber por qué. Y ahora se abrazaban, como verdaderos hermanos…que es lo que eran.

¡Y por fin, la guerra había terminado!

Toda la operación, se saldó con, alrededor de 20.000 bajas de soldados republicanos y 17.000 bajas franquistas.

Todos ellos. De un bando y de otro, eran jóvenes españoles que nada tenían que ver con los deseos de los mandos, por los que fueron reclutados.

Sin embargo, también se vivieron grandes actos de arrojo y valor, por parte de soldados de ambos bandos. Y es que, durante casi un mes, 19 días para ser exactos, miles y miles de combatientes soportaron unas penosas condiciones de vida mientras trataban de obviar el temor a que una bomba cayera sobre su cabeza y oían como las balas silbaban a centímetros de sus orejas.

También hubo pérdida de gran cantidad de material bélico. Sin embargo, los costos humanos, para uno y otro bando, fueron enormes, estando considerada. *La batalla de Brunete*. Como una de las más sangrientas de la Guerra Civil Española.

A partir de ese día. Tardaron poco más de tres meses en arreglos de papeleo para licenciar a los soldados.

Así. Desde el mismo momento que les daban la cartilla militar. Se podían ver, por toda la geografía española, soldados. O, mejor dicho, ex soldados, viajando como podían.

Unos en tren y los más caminando, por falta de recursos, hacia sus respectivos hogares.

A Recas, no había día que no llegara uno de sus hijos cansado y maltrecho.

Unos, llegaban caminando desde Villaluenga, porque habían cogido un tren, en alguna parte. Otros, llegaban en los carros de los hortelanos, que habían llevado hortalizas a Madrid.

Estos, como iban y venían a diario al mercado Central de Legazpi de Madrid, cuando se encontraban con algún caminante, solo le preguntaban, adónde iba, si les pillaba de camino o era de su pueblo, mejor que mejor. Si no era así, le dejaban, lo más cerca posible de su destino.

Eran muchos los que llegaban caminando a campo través desde distintos puntos.

Muchos, desde Toledo. Los más, llegaban desde la zona norte de Madrid y su provincia. Como era el caso de Feliciano.

Una tarde. Estaban varias mujeres, sentadas a las puertas de sus casas. Charlando, unas con otras. Cosiendo o haciendo labores de ganchillo. Cuando dijo una de ellas, señalando el camino que enlazaba Recas con Lominchar:

-Mirad, por allí viene otro ¿Quién será?

Estaba a bastante distancia todavía. Pero todas miraron. Aunque, estaba muy lejos, Rita, que estaba dando de mamar a su hijo. Le quito el pecho, al pequeño Feliciano, se lo dio a su madre y exclamó:

-Tenga madre al niño, quien viene por ese camino, es mi Feliciano.

-Pero hija, si apenas se ve.

-Ya lo sé madre, pero es Feliciano.

Salió corriendo de tal manera, que, si no la coge él en sus brazos, cuando se encontraron. Llega a Lominchar en un santiamén.

No sabemos lo que se dijeron. Pues estuvieron al menos media hora allí. En medio del campo, solos, abrazados y quizá sin hablar. Muchos silencios que disfrutar, entre los trinos de los pájaros, y el zumbido de los insectos… aunque tenían mucho que decirse.

Ya estaban juntos otra vez, pero ahora eran cuatro…de momento.

Eran felices.

Todo lo felices que se puede ser, después de haber padecido una guerra.

Habían desaparecido algunos familiares y amigos. En un pueblo, más bien pequeño. Ellos no tenían fortuna. Total, que Rita, no paraba de darle vueltas y más vueltas a la cabeza para ver, como y de qué manera, iba a encauzar su porvenir, pues tenía que mirar por sus hijos, sobretodo ella, quería que aprendieran a leer y escribir. Eso era lo que más deseaba Rita.

Porque ella no sabía leer, por imposición de su padre. Este, decía que, las mujeres, no necesitaban saber leer. Por lo tanto, ni a ella ni a sus hermanas las habían llevado a la escuela. Pero a pesar de todo. Tanto Rita como sus hermanas, eran listas, muy listas.

Feliciano era zapatero remendón. Pero ni en Recas ni en muchos pueblos de España, en mil novecientos treinta y nueve, se remendaban muchos zapatos. Así que Rita, no paraba de darle vueltas a su cabeza. Y debió de darle muchas. Porque un día cuando Feliciano llegó del campo de hacer unos trabajos. Al entrar en su dormitorio, para quitarse la ropa del trabajo, vio encima de la cama:

Una camisa limpia y bien planchada, una muda, unos calcetines, sus zapatos negros y su traje de novio.

Enseguida llamó a su esposa:

-Rita, ¿Qué hace esto aquí?

-Pues que te vas a Madrid.

-Yo ¿Y que voy a hacer yo en Madrid?

-Presentarte a Guardia.

-Guardia ¿De qué?

-Guardia de Asalto.

-Tú estás loca, ¿Cómo voy yo a ser Guardia de Asalto?

-Te vas y te presentas, que ahora hacen falta.

¿Como se enteró Rita? Una mujer que no sabía leer. No tenía radio. Allí no iban periódicos y aunque fuese alguno ella no podía leerlo. Pues bien. Ella seguía en sus trece. Feliciano tenía que ir a Madrid, para ser Guardia.

- ¿Y quién te ha dicho a ti que hacen falta Guardias de Asalto?

-Cuando estuve en casa de doña Atanasia, después de dejarte en Colmenar del Arroyo, el señor comentó. Que cuando terminara la guerra, iban a tener falta de todo en Madrid y en toda España.

-Pero…

-Ni, pero ni nada, ¿No te das cuenta de cómo estamos? No tienes trabajo, las tierras de tu padre no dan para mantener tres familias. Mejor dicho, cuatro. Tus padres y tu hermano. Tu hermana y tú cuñado con sus seis hijos y nosotros. Aquí no tenemos ningún futuro. Yo quiero que nuestros hijos vayan a la escuela y que, aprendan a leer. No quiero que mi hija sea cocinera como yo…y se echó a llorar.

Con eso no había contado Feliciano. No podía ver llorar a Rita. En un momento, se vio haciendo… *su maleta de madera*.

Puso en ella, como siempre que viajaba. Su barra de jabón para afeitarse. La palanganita de aluminio y un frasco de alcohol, para después del afeitado. Una muda completa de ropa limpia: camisa, calzoncillo, calcetines y pañuelos. Y no se olvidó su cartilla militar. Que seguro, que se la iban a pedir.

También guardó, una pequeña cartera, con el retrato de Rita con la niña. Porque, al pequeño Feliciano, todavía no le habían retratado…y, cincuenta pesetas que era todo el dinero de que disponían.

Esa misma tarde. Cerca del anochecer. Montado en el autocar SAURER. Que hacía el recorrido de Recas a Madrid, Feliciano miraba por la ventanilla. Mientras su esposa y sus dos hijos le decían adiós.

Rita con el pequeño Feliciano en brazos y Claudia de la mano, se fue hacia su casa.

Parecía que iba contenta.

F eliciano se presentó en Madrid. Eran más de las diez de la noche.

Cogió el metro y como no tenía a nadie en la Capital, se fue a casa de doña Atanasia.

Lo recibieron muy bien, le preguntaron si había cenado, donde estaba Rita… como estaban los niños… cual era el motivo de su visita.

La verdad es que no sabía por donde empezar a responder tanta pregunta, casi se sintió un poco agobiado. Pues la señora hablaba más que Rita.

Cuando les contó a lo que venía, el señor le explicó:

-Feliciano, ya no hay Guardias de Asalto, ahora es Policía Armada.

Feliciano se quedó mudo, más que mudo, desilusionado. No es que a él le agradara ser guardia de asalto. Ni de asalto, ni de los que no asaltan. Él, solo quería estar con su esposa y sus hijos y, si era en el pueblo, mucho mejor. Amaba la tranquilidad que había tenido toda su vida, claro que ahora…todo era distinto.

En estos momentos, solo pensaba, en la desilusión que se iba a llevar Rita…

Cuando el señor lo vio tan cabizbajo y serio, le comentó:

-Creo que están preparando una ampliación de la plantilla y van a crear, La Brigada de Circulación. Mañana en el Ministerio me entero de como y cuando es la oposición.

Doña Atanasia, dio orden a la doncella, de que preparase un cuarto para Feliciano.

La cena fue muy amena, pues los señores, no paraban de hacerle preguntas a Feliciano, acerca de los niños y de cómo era la vida en aquel pueblecito de Toledo, que tanto gustaba a Feliciano…y tan poco a Rita.

Al día siguiente. Cuando don Ramón llegó a su casa a la hora de la comida, Feliciano estaba ansioso por saber las noticias que traía.

Él, se había pasado la mañana paseando por el Retiro Madrileño, que tantos y buenos recuerdos le traían, de cuando él y Rita paseaban por allí, antes de casarse, cada vez que el venía del pueblo a verla, que era, una vez al mes.

Se sentaron a la mesa, Feliciano, no paraba de mirar a don Ramón. Este, ya por fin, se decidió a contarle todo lo que sabía al respecto:

-Feliciano, dentro de una semana, hacen el examen, mire, en este papel le dejo la dirección.

-Dentro de una semana. - Dijo Feliciano.

-Si, le contestó el señor.

-No se preocupe Feliciano, usted se puede quedar en casa hasta entonces. - Dijo doña Atanasia.

Y así fue.

No se marchó a Recas. Por no gastar dinero, como los señores, le ofrecieron su casa hasta el día del examen… él aceptó.

Pero lo primero que hizo, fue, escribir a Rita contándole todo para que estuviese tranquila.

La carta era escueta. Solo le decía que no podría ir antes de una semana, por lo menos, ya que le iban a examinar para guardia. Pero no sabía de qué.

También le decía, que, ya no había Guardias de Asalto, que se lo había contado el señor… que sabía mucho.

Por lo tanto, se quedó con los señores y sus hijos hasta el día del examen.

¡Y ese día llegó!

El día del examen, se levantó temprano. Casi ni durmió. Se fue con mucho tiempo, paseando, pues no era muy largo el trayecto desde la casa de los señores, hasta donde él tenía que ir.

Por fin llegó al domicilio que iba buscando. Vio que había varios hombres, pero no muchos.

Esperó, hasta que un bedel, les comunicó, que ya podían entrar en la sala donde iba a empezar el examen.

Había varias mesas. Como vio que se iban sentando los demás, pues él hizo lo mismo.

Al poco rato, entraron en la sala, varios hombres, con uniforme de conserje y, les informaron que iba a empezar el examen.

El primer ejercicio, era un dictado. Feliciano, lo tuvo que hacer bien, pues tenía una letra de hombre bastante bonita.

El segundo, era una cuenta, de dividir por dos. Ahí se atranco un poco.

Mordía el lápiz. Miraba al techo. Se limpiaba el sudor, con un pañuelo blanquísimo y planchado perfectamente, por Rita. Pero la cuenta ni la empezaba.

El profesor, que, estaba paseando, por entre las mesas y lo vio, se acercó a él y le preguntó:

- ¿Está usted nervioso? Más que nervioso asustado, pensó él.

-Si señor, estoy muy nervioso.

- ¿De dónde es usted? - Le preguntó.

-Soy de Recas, Toledo.

- ¡Oh! Recas, allí estuve yo en la guerra, hay buen vino.

-Sí, señor, ya lo creo.

-Y también unas chicas muy guapas.

-Si, si que lo son.

El profesor sonriendo le dijo:

-Firme usted, ahí abajo, y se puede marchar. Ya recibirá usted una carta en su domicilio con la respuesta. No antes de quince días.

Feliciano, se levantó de la mesa, con mucho cuidado de no molestar a los demás compañeros de fatigas, y se marchó.

Llegó a casa de los señores y les comunicó, que se marchaba a su pueblo, hasta que recibiera noticias, para bien o para mal. Doña Atanasia, le aconsejó que esperara hasta que llegara el señor, a la hora de comer. Pues tenía tiempo de sobra hasta que saliera el SAURER.

Aunque estaba deseando marcharse, esperó, para almorzar con los señores, que tan bien se habían portado con él.

Cogió, *su maleta de madera,* metió en ella, sus pocas cosas, se despidió y salió caminado, más contento, que unas castañuelas.

No era su alegría, porque pensara que ya había aprobado el examen, sino, porque dentro de pocas horas, iba a ver a su esposa, a sus hijos y estaría en su amado pueblo… Recas.

De los nervios que tenía, se le olvidó la calle donde paraba el coche de línea. Así que, recapacitando, pensó irse en el tren y para ello tenía que ir a La Estación de las Delicias.

Se fue, atravesando El Retiro. Salió a la Cuesta de Moyano. Desde ahí a la Glorieta de Atocha, la cruzó y llegó al Paseo de las Delicias, donde estaba la Estación.

La estación donde se tenía que apear, más cercana a Recas, era, Villaluenga. (A Recas no llegaba el ferrocarril). Por lo tanto, allí se apeó.

Hasta llegar a su pueblo, tenía ocho kilómetros por delante. Pero no importaba. Se puso en camino como si fuera de paseo… aunque más deprisa.

Llegó a su casa bastante tarde. Ya casi era media noche.

No solo estaban durmiendo sus hijos y su mujer, si no todo el pueblo. Pues eran gentes, que madrugaban mucho, para hacer las labores del campo, que era, de lo que vivía la mayoría.

Rita se despertó cuando escuchó pasos por su calle. Reconoció rápidamente, que, eran los de su marido.

Feliciano, llegó hambriento, enseguida Rita, fue a prepararle algo de comer. Pero no tenía ni una pizca de pan, entonces se acordó, del *"chusco"* que tenía guardado entre sus sábanas.

Mientras le estaba haciendo, en una sartén, patatas fritas con huevos, se echó a reír y le anunció:

-Feliciano, el único pan, que hay en casa hoy, es el chusco que trajiste de Brunete y que guardé, hace más de dos años.

Sin pensarlo siquiera él, respondió:

-Tráemelo.

Rita, fue en busca del famoso *"chusco"*.

Volvía riéndose, solo de pensar como estaría, el pan de duro. Se lo dio. Se fue a la cocina y le llevó un buen plato, con sus patatitas fritas y un par de huevos, también fritos.

Cuando entró en el comedor, casi se le cae el plato, de la risa que le dio. Estaba Feliciano, royendo el pan, como si fuese una ardilla, royendo una castaña. Pero debía de tener tanta hambre, que se comió, las patatas, los huevos…y el *"chusco"*. Aunque tardó, pues la cena le duró lo menos un par de horas…pero se lo comió. Después le apuntó a su mujer:

-Rita, vamos a la cama, que te tengo que contar muchas cosas.

Suponemos que le contaría, principalmente, como había hecho el examen de… probablemente, futuro, Guardia de Tráfico.

El día veinte de Diciembre de 1939, estaba Feliciano con unos amigos, jugando a los naipes, en una mesa que había en un rincón del salón del baile que estaba en la plaza mayor del pueblo, muy cerca del Ayuntamiento. Cuando llegó Rita corriendo, con una carta en la mano diciendo:

- ¡Mira Feliciano, una carta del Ayuntamiento de Madrid!

- ¿Cómo sabes tú que es de Madrid y además del Ayuntamiento?

-Porque mira que escudo tan grande tiene el sobre.

Él cogió la carta y a Rita por los hombros, y se despidió de sus amigos.

Se fueron derechos hacia su casa, y cuando llegaron, se sentaron uno frente a otro sin saber qué hacer.

-Ábrela ya Feliciano, para saber lo que dice.

-Me da miedo.

Abrió la carta, la leyó, Rita estaba que no podía más y preguntó:

- ¿Qué pasa?

La miró a los ojos y le contestó:

-El día primero de Enero, tengo que estar a las diez de la mañana, en la Plaza Mayor de Madrid, para darme instrucciones. Pues a las cuatro de la tarde, empiezo el servicio, hasta las diez de la noche. También dice, que el sueldo es de doscientas cincuenta pesetas mensuales, y que, si no me interesa, que lo comunique, lo antes posible.

A los dos el sueldo les pareció una maravilla. Pues en el pueblo estaba ganando menos de cien. Le echó los brazos al cuello y le dio mas besos, que cruces habían puesto en sus cartas durante toda la guerra…después, empezó a llorar.

-No llores, - ¿No es lo que tú querías, que yo fuese Guardia?

-Lloro de alegría. Ahora, si, sé, que los niños van a aprender a leer y escribir. (Esta era la obsesión de Rita, que sus hijos aprendieran a leer). Ya no tendré que pedir más a nadie que me lea las cartas cuando tú no estés. Y seguro, que ese trabajo, es mejor que ir al campo a trabajar mucho y ganar poco. También, vas a ir siempre bien vestido, y creo, que no vas a pasar tanto frío como ahora en invierno y tanto calor en verano.

Los dos estaban muy contentos… pero Rita mas.

Él estaba pensativo, pues, en el pueblo, se encontraba muy bien. Tenía allí a sus amigos de toda la vida. A sus padres y hermanos. Pensaba que sería una aventura salir de Recas hacia Madrid. Solos con dos niños, sin familia, sin casa. Feliciano estaba con la mirada fija en el suelo. Era poco decido. Más bien apocado. Y no las tenía todas consigo, por eso, seguía mirando al suelo. Rita lo miró y como lo vio con pocos ánimos, le sugirió:

-Tuya es la decisión.

Se fue hacia el dormitorio, se tiró encima de la cama y comenzó a llorar.

Con esto no contaba Feliciano.

Pero desde luego, que con ello no podía. Jamás, podía ver llorar a Rita por nada y mucho menos por su culpa... en ese momento, decidió.

La decisión fue, que el día primero de enero de 1940, nuestro buen amigo Feliciano, estaba haciendo servicio de Guardia de Trafico del Ayuntamiento de Madrid. En plena Plaza de Cibeles esquina a la calle de Alcalá. Junto al Banco de España. Con sus pantalones de pana, su pelliza y su boina (El uniforme tardó un mes en tenerlo). Un mes que estuvo viviendo en Madrid en casa de doña Atanasia. Mientras, Feliciano, buscaba una casa donde hubiese cerca una escuela. Eso era lo que le había encargado Rita, como más urgente y en todas las cartas que recibía de ella, se lo volvía a recordar.

Claro que aquí, tuvo mucha ayuda por parte de la señora, pues comprendía perfectamente, los deseos de Rita al preocuparse de que sus hijos fueran a la escuela.

No tuvieron que buscar mucho, pues enseguida encontraron una que, seguro le iba a gustar a Rita, además estaba muy cerca del domicilio que iban a ocupar.

13

Mientras tanto.

Rita estaba empaquetando todo lo que tenía que llevarse a Madrid, para cuando Feliciano le anunciara, que ya tenía casa.

No había pasado una semana, desde la marcha de su esposo, cuando ya tenía casi todo a punto. Solo quedaba puesto en casa, la cama de matrimonio, en la que ahora dormían los dos niños con ella.

También, tenía apalabrado el carro de su amigo Toribio, para que, en el momento que recibiera carta de Feliciano, con la buena noticia, de que ya tenían un nuevo hogar donde vivir, salir más que corriendo… volando.

En Madrid en aquellos tiempos era fácil encontrar una vivienda, y él la encontró. Había pasado mes y medio, cuando Rita recibió la carta tan esperada.

Una mañana, cuando Rita caminaba, hacia la casa de su suegra con los niños. Vio pasar al cartero, por la acera opuesta a la que ella iba con sus hijos, y este, gritando, le dio una voz de atención, diciendo con una gran sonrisa:

-Rita, tengo carta para ti, ¿la quieres ahora o te la llevo a tu casa?

-Que cosas tienes, dámela ahora mismo ¿no sabes que la estoy esperando como agua de mayo?

Todo el pueblo, sabía las ganas que Rita tenía de irse a Madrid con su marido. Por eso el cartero le hizo esa pregunta, aunque, él ya sabía la respuesta.

Rápidamente entró en casa de su suegra, esta, leyó la carta. Pues tenía la suerte de saber leer, de haber ido a la escuela, y además, de no tener un padre que se lo hubiese impedido, como el de Rita.

La carta decía.

Querida esposa: me alegraré que al recibo de esta te encuentres bien en compañía de nuestros hijos, yo bien gracias a Dios.

Rita, cuando quieras, ya os podéis venir los niños y tú a Madrid. Con ayuda de los señores, he encontrado una casa que creo que te va a gustar. Tiene dos habitaciones, una cocina, un comedor y un patio, en el cual hay un retrete. Este es para nosotros solos pero el patio, lo tenemos que compartir con varios vecinos. También te diré, que hay un convento de monjas muy cerca para que la niña vaya a la escuela.

Mándame a decir el día que vienes y que sea por la mañana que ya sabes, que tengo servicio por la tarde y si no, no te podré ayudar.

Se despide de ti este que lo es.

Feliciano.

Debajo de la firma había tres cruces.

No hizo falta animar mucho a Rita.

Enseguida cogió a Claudia de la mano y al pequeño Feliciano en sus brazos y mirando a su suegra le comunicó:

-Voy a casa de Toribio a ver si puede llevarnos mañana.

-Mujer, ¿Qué prisa tienes?

-Abuela, (ella, llamaba así a su suegra) hace mas de un mes que está Feliciano solo en Madrid.

-Pero primero tienes que avisarle. Espera que le escriba una carta para saber a donde tienes que ir.

-Tiene usted razón. Haga el favor de escribirle ahora mismo y que se lleve Faustino la carta, para que la eche en el tren. Que ha comentado, que se va a Villaluenga antes de que llegue el tren de Cáceres que va para Madrid.

Así lo hicieron, y entre una carta que iba y la otra que venía, hubo cinco días de demora.

Cuando recibió la carta, con las señas de su nueva casa, fue en busca de su buen amigo Toribio.

Le dio las llaves para que cargaran las cosas en el carro. Cogió a sus hijos y se fue a Villaluenga, para coger el primer tren que pasara por allí.

El primero y único tren que pasaba, por Villaluenga, era el que llamaban "El cacereño", que como es lógico, este, venía de Cáceres. Iba parando en casi todos los pueblos de la ruta.

Rita y sus niños, tomaron el tren, muy contentos, pues sabían que, al llegar a Madrid, les estaría esperando su padre.

¡Y por fin Rita llegó a Madrid!

Nadie, más contenta que ella, estaba en esos momentos. Iba a ver a su esposo.

Llevaba a sus hijos con ella. Unas ganas enormes de ver su nuevo hogar y sobre todo. De ver a su amado Feliciano…

¡Ya llegarían los muebles!

Hacía frío en Madrid.

Eran los últimos días del mes de febrero, cuando llegaron a la estación de las Delicias, Rita y sus dos hijos.

Allí estaba esperándolos Feliciano. Vestido de Guardia Municipal. Cuando lo vio Rita, casi se le cae el pequeño Feliciano de los brazos.

¡Dios! ¡Qué apuesto estaba!

Con su metro ochenta de estatura, tan fuerte como un roble. Tan moreno y con esos ojos, tan negros…fue tal la impresión, que no se atrevía a tocarle y se le humedecieron los ojos.

Él se acercó, le dio un ligero beso en la mejilla y otro a los niños, como si hiciera apenas unas horas tan solo, que los había visto.

Una de las normas de la policía, era, que cuando fuesen de uniforme debían de guardar la compostura, o sea, no tomar bebidas alcohólicas. No dar el brazo a ninguna señora. Incluida la suya propia, ni llevar paquetes o niños en brazos… etc. etc. etc.

Por eso, Rita, pensó. (Se ha tomado muy a pecho eso de honrar el uniforme).

Cogió a la niña de la mano y se dirigió a la salida. Rita le siguió perpleja y pensó. >> No parece mi cariñoso Feliciano<<.

Fueron todos muy seriecitos, en el metro.

Cuando llegaron a su nuevo hogar, lo primero que hizo Feliciano fue: quitarse el uniforme y acto seguido sin darles tiempo, de ver nada de la casa, se abrazó a Rita, y luego sin soltarla, con el otro brazo que le quedaba libre cogió a los dos niños y los estrecho a los tres contra su robusto pecho. Los tuvo así un buen rato, hasta que el pequeño Feliciano empezó a protestar. Entonces Rita le dijo:

-Cuando nos hemos encontrado en la estación, creía que no te había gustado vernos.

-Estaba deseando teneros conmigo, pero de uniforme no podemos exteriorizar los sentimientos. Me lo he puesto para que no tuvieras problemas. Pues a todos los que llegan a Madrid les suelen registrar porque hay mucho estraperlo. Ven te voy a enseñar la casa. Pero antes volvió a besarla.

Poco había que ver, pues estaba totalmente vacía hasta que llegara el carro con los muebles. Solo había un banco de madera en el que Feliciano dejó su capote.

Para poder apañarse. Una vecina les prestó unas sillas y unos cacharros de cocina para que pudieran preparar comida hasta estar instalados.

A media tarde llegó Toribio con su hijo y empezaron a descargar los muebles, que no eran muchos, pero los suficientes para empezar una nueva vida… en Madrid.

Empezaron bien…Claudia, tenía cuatro años, el pequeño Feliciano tenia año y medio, y, Rita, estaba embarazada de nuevo.

Como era el deseo de Rita, la niña ya estaba apuntada al colegio de las monjitas, Avemarianas, que estaba, muy cerca de su casa. Con eso de momento ella, ya era feliz.

Pasaron unos meses y, nació otro precioso varón. Porque hay que decir que todos los hijos de Rita y Feliciano, fueron muy guapos. Le pusieron el nombre de Juan. A los dos años justos, nació otro varón, a este le llamaron Pablo.

No paró ahí la cosa, pues en total tuvieron siete y todos varones, excepto Claudia. Seguro que fue escuchado en el Cielo cuando, en Colmenar del Arroyo, pidió, que le gustaría tener un hijo varón.

Claudia aprendió enseguida a leer desde muy pequeñita y también el pequeño Feliciano, aunque no también como su hermana. La niña lo bordaba. Eso era lo que decía Rita cada vez que la veía leer.

¡Y que orgullosa se sentía!

Todas las noches cuando llegaba Feliciano a casa, llevaba varios periódicos.

Se los daban las furgonetas de reparto. Tres o cuatro eran seguros.

El Pueblo, Madrid, Informaciones y *Arriba*. De vez en cuando, también llevaba una revista, que se llamaba, *"Semana"*.

Mientras su padre cenaba, Claudia, les leía los periódicos que le daba tiempo, antes de acostarse, sobre todo los sucesos, que era lo que más le gustaba a Rita.

Con tanta práctica, la niña fue lo que mejor hizo a lo largo de su vida…saber leer.

Los años de la posguerra fueron difíciles para todos. No vamos a echar la culpa a nadie, pero, donde más se notaba, era que faltaban muchas manos para el trabajo en la agricultura. Por lo tanto, escaseaban los cereales, tales como el trigo, que era la base principal para hacer pan, toda clase de legumbre y patatas. Muchas familias de los pueblos, como Rita y Feliciano, emigraron a las grandes ciudades, sobre todo a Madrid y Barcelona, pensando, que, tendrían más oportunidades de trabajo. Deducción.

Lo pasaron mal todos.

En Francia, se estaban muriendo de hambre a causa de la segunda guerra mundial.

Dinamarca, que era una Nación que producía millones de kilos de mantequilla, al año, ahora, apenas tenía para ellos. Pues era "enviada" casi toda a Alemania. Mejor diríamos que era, requisada. Los daneses, apenas la conseguían.

En 1939, Alemania pidió a Dinamarca, firmar un tratado de no agresión, que fue aceptado por los daneses.

Meses después, cuando Alemania invadió Polonia, Dinamarca, se echó atrás y se declaró neutral.

La situación entre ambos países se comenzó a deteriorar en 1943 cuando la resistencia danesa, comenzó a recibir explosivos de Inglaterra.

El día 2 de Octubre de 1943 se iniciaron acciones contra los judíos daneses. Solo capturaron 500, que fueron internados en Theresienstadt, 7000 lograron escapar a Suecia.

El pueblo judío y el Estado de Israel agradecieron la actitud humanitaria, adoptada por España, durante la era hitleriana, cuando dieron protección a muchas víctimas.

Suiza, los expulsaba de su territorio.

El único país de Europa, que de verdad echó una mano a los judíos (durante la segunda Guerra Mundial), fue un país en el que no había ninguna influencia judía:

España.

España, que salvó a más judíos que todas las democracias juntas.

Por lo tanto, no era España sola la que pasaba hambre, era toda Europa. Todo esto era censurado en la prensa, pero al final se sabía. Lo poco que se oía, como si dijéramos entre líneas, Rita, escuchando a su hija, mientras le leía la prensa, se enteraba de todo, o al menos eso decía ella.

En España, había cartillas de racionamiento. Con ellas tenían derecho a cierta cantidad de legumbres, aceite, patatas y pan.

El pan, era una barra, de un cuarto de kilo, para los "pobres" y una de cien gramos, para los "ricos".

Así, era como lo catalogaba, la gente del pueblo. Digamos, los más y los menos pudientes.

En casa de Rita, como eran ya familia numerosa y la unión hace la fuerza, tenían, cuando les tocaba el suministro, una buena cantidad de legumbres y todo lo que no era perecedero.

Pero el pan.

¡Ay el pan!

Eso siempre era poco.

Un día cuando llegó Claudia del colegio le comentó a su madre:

-Mamá, mi compañera Ana, come un pan muy blanquito que lo compra su mamá a un señor que lo hace en su casa.

No tardó mucho Rita en enterarse de donde venía ese pan.

Era, un panadero clandestino, digamos, un *"topo"*, el pobre hombre, no se atrevía, a salir de casa por motivos políticos.

Como su oficio era panadero. Hizo un horno en la cocina de su casa. Se puso en contacto con alguien que le podía proporcionar harina, y hacía y vendía pan, pero solo a personas que él ya conocía y de mucha confianza.

Esto fue, lo que le dijo la mamá de Ana a Rita, cuando fue en su busca para que le diera la dirección del panadero.

Antes le advirtió, que no dijera que su marido era guardia. Pues este pobre hombre, seguía teniendo miedo.

Al día siguiente, mandó a Claudia, acompañada de su amiguita Ana a casa del señor Pedro para comprar pan "clandestino".

Como iba acompañada por una persona conocida, el señor panadero no le hizo ninguna pregunta y le vendió la cantidad de pan que la niña le solicitó. Cuatro barritas, de un exquisito pan blanco, que olía a gloria y sabía mejor.

El precio, era de una peseta cincuenta céntimos cada barrita. No era barato, pero no había más remedio. Eso o pasar más hambre, y los niños no entendían de escaseces.

Cuando esa noche llegó Feliciano, después de cambiarse de ropa, se fue al comedor, para cenar, los niños, excepto Claudia, estaban ya acostados.

Se sentó a la mesa y Rita, le sirvió la cena acompañada de una deliciosa barrita de pan blanco, la miró y preguntó:

- ¿De donde has sacado este pan que tiene tan buena pinta?

Rita, le contó todo el proceso, de lo que habían tenido que hacer hasta llegar el preciado pan a casa.

Él se echó a reír, diciendo:

-Pobre hombre, si me conociera, no me tendría miedo.

Y empezó a comer.

Según iba comiendo el riquísimo pan, miró a Rita y exclamó:

¡Buenísimo! Y siguió comiendo y saboreando la blanquísima barrita.

Desde aquel día, el señor Pedro era visitado casi todos los días por esta familia. Claudia era la encargada de ir todas las tardes a comprar el pan, que tan rico les sabía y más hambre les quitaba.

Un día el señor Pedro, se enteró, no se sabe cómo, que el padre de la niña que iba con Ana y algunas veces sola, era guardia. Así que, cuando llegó Claudia, a recoger el pan que le había mandado su madre comprar, el panadero le dijo que no tenía y que ya no haría más.

La niña, se fue corriendo hacia su casa, y como no era tonta a pesar de sus pocos años, iba casi llorando, pues había comprendido, lo que le quería decir el señor Pedro.

Acto seguido, le contó a su madre lo que había pasado con pelos y señales. Rita, que, aunque no sabía leer, no tenía ni un pelo de tonta, cogió a Claudia de la mano y le pidió:

-Ven hija vamos a solucionar esto.

Cuando llegó a casa del señor Pedro, llamó a la puerta. Abrió una señora, cincuentona, regordeta, y con una cara muy simpática. Les preguntó que deseaban y Rita le respondió con mucha fuerza en la voz:

-Pan.

La señora iba a responder. Pero Rita no la dejó.

-Dígale a su marido, que quiero hablar con él un momento.

-Mi marido no está aquí…

-Conchita, déjala pasar, - dijo alguien desde dentro.

Y la tal Conchita, se hizo a un lado de la puerta para que pasaran Rita y su niña y ella después.

Pasaron, madre e hija a un comedor, en el cual estaban comiendo varias personas.

El señor Pedro, un hombre de unos treinta años, que sería, de hecho, lo era, su hijo.

También estaba sentada a la mesa, una señora mayor. Después supieron que era, la madre de Conchita.

Rita dirigiéndose al panadero, le comentó:

-Ya conoce usted a mi hija. Tengo tres hijos más, varones, y, porque su padre sea guardia, no tienen por qué, pasar más hambre de la necesaria. De hecho, usted sabe que no venimos todos los días, porque, no nos da el dinero para más, pero le ruego, que el día que venga la niña a comprar pan, se lo venda, y tenga por seguro, que yo no lo voy a denunciar y mucho menos mi marido. Pues, no se va a enterar ni siquiera donde vive usted.

Pedro se levantó de la mesa, le tendió la mano y le respondió:

-Señora, mande usted a la niña a por pan, siempre que quiera y lo necesite, con dinero o sin él, eso es lo de menos, ya me lo pagará cuando pueda.

-Gracias. Le respondió Rita.

Y cogiendo la mano de su niña, salieron de la casa del señor Pedro, no sin llevarse, las barritas de pan, que ese día necesitaban. Madre e hija...Ya iban más contentas.

Desde ese día y siempre que su economía se lo permitía comían el rico pan blanco que hacía el señor Pedro.

Casi siempre que iba Claudia a comprar pan al horno del señor Pedro, se llevaba cuatro o seis barritas. Pero ese día solo pidió dos, el panadero se extrañó y le preguntó:

- ¿Solo quieres dos barras hoy?

-Sí señor, mi mamá no tiene hoy más dinero.

Él, se fue hacia el cesto del pan, cogió cuatro piezas y se las puso a la niña en el talego que llevaba, diciéndole:

-Dile a tu mamá, que no se preocupe por el dinero y que te mande siempre que lo necesite.

Desde ese día, Rita se sintió, digamos, más cómoda. Lo primero porque tenía más confianza en sí misma y lo segundo porque era seguro que de cualquier manera los niños comerían pan, aunque, no le llegara el dinero a fin de mes... Dios y el señor Pedro, proveerían.

Cuando a primero de mes iba Claudia a pagarle lo que le debían, el señor Pedro, siempre la obsequiaba con alguna barrita que había salido deformada, o pegada con otra. La niña además de darle las gracias iba corriendo hacia su casa para enseñarle el regalo a su madre.

Algunas veces le daba algún trozo más, que la niña se comía antes de llegar a casa.

Tanto Rita como Claudia, lo apreciaban como si de un tesoro se tratase…ese día tenían más pan.

En cierta ocasión, que tenían que pagar al señor Pedro, todo el pan que habían consumido, cuando a Rita se le acababa el dinero del mes, como siempre, mandó a Claudia, además de a comprar pan, a pagarle lo que se le debía.

Ese día de invierno, que a las cinco de la tarde ya había anochecido. Rita le dijo a su hija, que fuese acompañada por el pequeño Feliciano.

Ella no quería, aunque, hacía los recados muy bien. Al fin y al cabo, era una niña y como niña que era, no quería que supiera su hermano, que, quizá el señor Pedro les obsequiaría con algo de pan extra. Lógicamente pensó, que lo tendría que compartir.

Le dijo a su madre que no necesitaba ayuda. Que ella sola podía hacer el recado.

Rita insistió, le daba miedo que la niña fuese sola cuando se estaba haciendo de noche.

Tanto insistió su madre, que no tuvo más remedio que darle la mano a su hermano, ponerse los abrigos, coger el dinero y…poner rumbo a casa del panadero.

Nada más llegar. Pidió lo que su madre le había encargado. Le pagó la deuda y acto seguido, el señor Pedro, les dio una barrita a cada uno, estaban un poco deformadas y no las podía vender al público.

El pequeño Feliciano, no sabía qué hacer. Miró a su hermana. Esta, después de darle las gracias al panadero, le indicó la puerta a su hermano y los dos…salieron corriendo escaleras abajo.

Cuando le explicó, que esto solía ocurrir de vez en cuando y empezó a comerse la barrita, al pobre niño se le hacía la boca agua. ¡Una barra para él solo! Y es que él era muy comilón y no siempre se quedaba satisfecho.

Desde ese día, Claudia no se pudo deshacer del pequeño Feliciano. Cada vez que iba a comprar pan, este, dejaba todo lo que estaba haciendo en ese momento y se colocaba junto a la puerta esperando a su hermana.

También, desde ese día, jamás dejó a su hermana ir sola…Rita, nunca se enteró, de por qué era su hijo tan servicial con su hermana, acompañándola casi todos los días a comprar pan.

14

Como había mucha escasez, casi todo se compraba clandestinamente.

Una de esas cosas más necesarias, sobre todo para Rita, que como había sido cocinera, estaba acostumbrada a la abundancia, no podía estar sin él. Esto era... el aceite. Había gente, que en su propia casa lo vendía...

¿De dónde lo traían?

Eso era una incógnita, pero todos sabían que era de estraperlo. Era un caso, parecido al pan del señor Pedro, que, si no te conocían y no ibas con alguien, de confianza, pues no te lo vendían. Además, había que ir, en la oscuridad de la noche...

Así, que, un día, sobre las ocho de la noche. Era el mes de noviembre y ya estaba totalmente oscuro, Rita le comentó a Claudia:

-Niña, prepárate, que vamos a comprar aceite. Me han dado una dirección, pero ya sabes, que hay que ir casi de noche, por lo tanto, quiero que me acompañes. Dejamos a los niños haciendo los deberes, vamos a procurar venir antes de que llegue papá. Ponte el abrigo y vámonos.

Y así lo hicieron.

Tenían que ir un poco lejos. En el barrio de Vallecas, donde vivían, había muchos descampados. Ellas tenían que atravesar uno. No había más remedio, que ir caminando. Pero caminar para Rita ya sabemos que no era inconveniente.

No así para su hija.

A Claudia, le daba miedo la noche y mucho más tener que atravesar ese campo solamente con su madre. No es que fuese muy larga la distancia. Pero si no atravesaban, ese trozo de descampado, tenían que dar mucho rodeo. Por supuesto, que Rita ese día no tenía ganas de rodear nada.

Al anochecer, ese campo, estaba casi exclusivamente, dedicado a la prostitución, digamos, de poca monta, o mejor dicho…barata y juvenil.

Al salir de casa y ver, que iban derechas al campo, la niña exclamó:

-Mamá, vámonos por otro sitio, me da miedo, está muy oscuro.

-No pasa nada, así, tardamos menos, ya sabes que los niños, están solos en casa.

Las niñas de aquellos tiempos, no entendían de violaciones ni raptos, solo de palizas y robos, por eso Claudia, tenía tanto miedo. Miedo a los golpes y a que le hicieran daño a ella o a su mamá. ¡No sabía todavía ella, la mamá que tenía!

Salieron a la calle, Claudia se agarró del brazo de su madre con mucha fuerza, tanta que le tuvo que decir:

-No me aprietes el brazo tan fuerte, mujer, que no pasa nada.

Llegaron al pequeño campo.

Se internaron en él.

Estaba totalmente oscuro, pero, a unos cien metros, se veía los faroles de gas de la próxima calle.

La cría, iba totalmente, apretada a su madre…se empezaron a oír pasos, que se acercaban… cada vez más y más cerca.

No era una sola persona, eran varias. Claudia, ya no podía ni respirar de tanto miedo que sentía.

Se apretaba, cada vez más contra su madre, con mucha fuerza, tanta, que Rita empezaba a ponerse nerviosa.

Tal vez, porque Claudia se agarraba a ella con mucha fuerza, o quizá, porque las pisadas, se oían cada vez más cerca. Tan cerca, que ya los tenían encima.

Eran, cuatro o cinco, más bien críos. No pasaban de los quince o dieciséis años. De eso se dieron cuenta, porque a pesar de la oscuridad, los tenían, casi al lado.

Rita, soltó a su hija de su brazo y la puso detrás de ella sin soltarle la mano. Se agachó y tuvo la fortuna de encontrar dos buenas piedras de pedernal y con la mano en alto amenazando gritó:

-¡Pedazo de Cabrones!, ¿creéis que somos nosotras unas Zorras?

En ese momento, soltó las piedras, hacia donde se encontraban los muchachos. A los que por suerte no atinó.

Los chicos, salieron corriendo, como alma que lleva el Diablo, pero Rita, no paraba, de vociferar toda clase de palabrotas. Pues, aunque no sabía leer, se las había aprendido muy bien y se las sabía todas...

A pesar de la oscuridad, Rita y Claudia pudieron ver a los muchachos corriendo a lo lejos.

Rita, volvió a coger la mano de su hija y ambas por fin... se fueron a comprar el dichoso aceite de estraperlo.

Claudia, tardó un buen rato en serenarse y Rita, pensando bien, lo que podía haber ocurrido, le dijo a la niña:

-No se lo digas a papá.

Y cogiendo la mano de su hija y apretándola bien fuerte, empezaron a caminar. Pero esta vez, dieron la vuelta hacia la casa. Dejaron la compra del preciado líquido para otro día.

Pasaban los días, las semanas, los meses...y...seguía la falta de alimentos, pero continuaba el estraperlo.

Estaba terminando el mes de agosto. Cuando Rita decidió que quería ir a Recas para que los abuelos conocieran a los más pequeños de la familia.

A Feliciano no le hizo mucha gracia, pero reconocía, que Rita tuviese ganas de ver a su madre y de paso, que esta, y sus propios padres, conocieran a todos los niños.

Con un poco de dolor le propuso a Rita:

- ¿Por qué no te vas a la fiesta de la Virgen de la Oliva?

Aunque él lo dijo, como se suele decir, con la boca pequeña. Pues nadie tenía más ganas de ir a su pueblo, que él mismo.

Aunque estaban bien en Madrid, Feliciano añoraba mucho a su querido pueblo. Recas.

Tanto es así, que los niños, sobre todo los mayores. Habían aprendido sus nombres, apellidos y de donde eran como una retahíla y, cuando les preguntaban, incluso en el colegio, como se llamaban, ellos decían:

-"Yo me llamo Claudia Rodríguez Fernández, soy de Recas provincia de Toledo Partido Judicial de Illescas."

Lo mismo decía el pequeño Feliciano…

¡Tanto era el amor que sus padres les inculcaban, hacia su pueblo natal!

Rita, se quedó pensando la propuesta que le hacía Feliciano.

Decidió que su marido tenía razón. Se iría con sus niños a las fiestas de su querido pueblo.

Prepararon el viaje. Había que ser valiente. Rita lo era.

Tenía en ese momento, veintinueve años: cuatro hijos, de ocho, seis, cuatro y un año y se arriesgó a ir sola con todos (como haría siempre a lo largo de toda su vida). Ella siempre iba con sus niños a todas partes.

Por lo tanto, preparó, una bolsa con la ropa de los niños.

Y además… iba contenta.

Claro que, Feliciano antes de que se marchara le advirtió:

-Si no vienes en cuatro días, voy a buscaros.

Ella le respondió:

-Tú no vas a buscarnos, porque tienes que estar de servicio, y no te dan permiso si no es por una causa grave.

-Tú procura estar aquí, como te he dicho, dentro de tres o cuatro días.

Al final se echaron a reír, y es que el pobre, no quería estar solo.

En aquellos tiempos, los guardias municipales, no tenían ningún día libre, solo un mes de vacaciones al año. Feliciano siempre cogía el mes de Julio. Por lo tanto, ya no disfrutaba de vacaciones, hasta el año próximo.

En una ocasión, las pidió, para el mes de mayo, pues Rita cumplía los años el día dos.

Todos los cumpleaños de la familia, los celebraban como podían. Rita hacía rosquillas o pestiños y les parecía una buena celebración. Los regalos solían ser prácticos. Zapatos, un vestidito a Claudia, unos pantalones nuevos a los chicos. Cosa que los ponía muy contentos.

Pero el que se celebraba por todo lo alto, era el cumpleaños de Rita. Ese día sí que había comida extraordinaria. Pero se acortaba la celebración, pues los niños iban a la escuela y Feliciano tenía servicio. Por lo tanto, después de la comida, se acababa la "fiesta".

Nadie tenía más ganas de que la celebración se alargara, que Feliciano. Así que un año, decidió que quería su mes de asueto…en mayo.

Este llegó.

Todos se pusieron muy contentos porque papá no tenía que trabajar en todo el mes…pero…

Aquel año, precisamente, todo el mes de mayo…se pasó lloviendo a mares.

Según los periódicos, nunca, habían visto llover de tal manera, no pudieron salir ni a la puerta de la calle.

Feliciano y sus hijos, pasaron, este mes, todos juntos alrededor del brasero, viendo llover a través de la ventana y, comiendo higos secos y castañas pilongas…

Jamás volvió Feliciano a cambiar su mes de permiso. Ya siempre lo pedía en julio. Por lo tanto, tampoco podía ir a las fiestas de su pueblo, ya que se celebraban en el mes de septiembre.

Rita y los niños, llegaron a Recas al anochecer, les estaban esperando: las dos abuelas, Jacinta, Paca y un sobrino de Feliciano.

Las dos, querían llevárselos con ellas a su casa y Rita decidió, como es lógico, ir a casa de su madre. No, sin antes, prometerle a Jacinta, que, al día siguiente irían todos por la mañana, temprano, para que los abuelos paternos, pasaran el día con los niños.

Así lo hicieron, cuando llegaron a casa de la abuela Paca, ya era muy tarde, por lo que les dieron algo de cena a los niños y los acostaron.

Cuando a la mañana siguiente se presentaron en casa de la abuela Jacinta. Esta tenía preparada, una cesta con comida (que incluía un puchero con el cocido), para irse a comer al melonar del abuelo Francisco.

El melonar se encontraba a casi cuatro kilómetros, entre Recas y Villaluenga.

Los niños, sobre todo los dos mayores, iban encantados. Se pusieron contentísimos, cuando, uno de sus primos, que vivía en la misma finca que sus abuelos, preparó el burro:

Metió la cesta de la comida en el serón y los montó en lo alto a los tres, al pequeñajo, lo acomodaron, en la otra parte del serón. Rita y su suegra iban a los dos lados del animal, caminando.

En recorrer la distancia desde la casa hasta el melonar del abuelo, echaron más de una hora, aunque a los niños se les hizo muy corto el camino, pues se lo estaban pasando muy divertido.

Cuando llegaron al melonar. Vieron el chozo que tenía el abuelo construido para protegerse del sol, y además para tener agua fresca y echarse una siestecita, cuando estaba solo.

Los niños, no paraban de entrar y salir de él, pues les hacía gracia la cabaña, como ellos la llamaban.

Allí pasaron el día encantados. Corrieron por el melonar, saltaron, brincaron, rompieron varios melones, que, cuando el abuelo los vio, casi les da con el garrote.

En fin, que se lo pasaron fenomenal.

Las mañanas, las pasaban con estos abuelos, vivían en la calle principal, que empezaba en la entrada al pueblo y desembocaba en la Plaza.

Esta casa era muy grande, tenía dos viviendas. En una vivían los abuelos con un hijo soltero, en la otra, una hija casada con seis hijos, todos varones.

En el gran patio al que daban las dos puertas principales de las dos casas, había una cocina de verano. Una bodega donde cosechaban, su propio vino. Una cuadra, con una mula y un burro. Y en la parte trasera, un gran corral, en el que había dos cerdos y muchas gallinas, dos o tres gallos y un enorme palomar.

También tenían gatos y dos perros, en ese momento solo estaba uno pequeño, el otro se lo había llevado el abuelo al melonar, para tener seguridad y compañía.

Cuando llegaron esa mañana, su primo Alejandro, que era de la edad de Claudia les dijo:

-Mirad, en la cuadra hay gatitos, ¿queréis verlos? Rápidamente salieron corriendo a ver la camada. Eran una preciosidad, había cinco, todos de color atigrado. Pero como estaba la mamá gata por allí, no los pudieron coger. Que esas eran sus intenciones. Así que se fueron, no tuvieran que lamentarlo con algún arañazo.

Después de comer, al atardecer, se marchaban a casa de la abuela Paca.

Esta casa era todo lo contrario, además de que era pequeña, no tenía comodidades apenas. La mayoría de las veces, se alumbraban con un candil. Pues solo había una bombilla eléctrica, con un cable tan largo, que llegaba a todas las habitaciones, incluso a la cocina.

Cuando, Claudia y el pequeño Feliciano, lo vieron, se partían de la risa y le preguntaban, con risas, a su madre. Por qué en su casa de Madrid, no tenían una bombilla con un cable tan largo como el de la abuela.

Rita se lo explicó cómo pudo, pero ellos ya mayorcitos, no paraban de reír.

Todos, lo pasaban muy bien, las abuelas, porque estaban con los nietos, Rita porque hacía un recorrido visitando a sus amistades, también disfrutaba, y los niños no digamos.

El único que lo pasaba peor, era Feliciano, que cuando llegaba a casa por la noche, se le caía el alma a los pies de soledad.

Después de que los niños, vieran la pólvora, la víspera de la fiesta, y al día siguiente la procesión, de la Virgen de la Oliva Rita decidió que debían volver a casa. Lo primero, porque, ya tenían que ir al colegio los mayores. Y lo segundo y principal, que Feliciano estaba solo.

Por lo tanto, al día siguiente de la gran fiesta, se despidieron de familiares y amigos.

Rita y sus hijos se prepararon, para al día siguiente, emprender viaje hacia Madrid.

15

Salieron por la mañana, temprano. En el carro de su buen amigo Toribio que los dejó en Villaluenga. Allí cogerían el tren que los llevaría a Madrid.

Los niños iban la mar de contentos, subidos en el carro, encima de un montón de cebollas, zanahorias y calabacines. Rita iba caminando, porque la velocidad del mulo, no era mayor que la de sus piernas, y ocho kilómetros, que había de Recas a Villaluenga no era una gran distancia.

Además de la bolsa que llevaba con la ropa de los niños, también llevaba un talego, que le había dado su madre con unas pocas lentejas, calculando, llevaría, dos kilos a lo sumo, un buen pedazo de tocino y unos chorizos.

No podía llevar más cosas, porque le sería imposible con cuatro niños. Pero iba muy contenta pensando, en la alegría que le iba a dar a Feliciano cuando viera los chorizos de su pueblo.

Cuando llegaron a la Estación de las Delicias, Rita apeó a sus niños del tren y le recomendó a Claudia:

-Niña, coge de la mano a Feliciano y a Juan y seguidme.

Ella, llevaba en brazos al más pequeño y en la otra mano el "equipaje" y la manita de su otro hijo.

Cuando llegaron, a la puerta de salida, un Guardia de Abastos la retuvo y le preguntó, qué era lo que llevaba en la bolsa:

Ella le respondió:

-La ropa de los niños.

Muy autoritariamente, le ordenó:

-Enséñemela.

Rita, le dio la bolsa, porque ya no podía mas con el peso y con los dos niños, que dependían de sus brazos.

El guardia, con muy malos modos, revolvió la ropa y sacó el talego de las lentejas, que le había dado su madre.

- ¿Es esto ropa?

- ¡Oh! claro que no, eso me lo ha regalado mi madre para hacer un guiso. - ¿No ve que vengo con mis niños del pueblo de ver a sus abuelos?

-Yo solo veo, que esto es estraperlo y necesita aforo.

- ¿Qué necesita qué?

-No se haga la tonta, o paga o se le requisa.

- Pero, ¿cómo voy a pagar, por un puñado de lentejas que me ha dado mi madre? Y, además, no llevo más dinero que lo justo para llegar a casa.

-No me haga perder el tiempo, que hay mucha gente esperando.

Rita, tampoco se callaba y le habló en voz alta como él mismo hacía. Incluso haciéndole los cargos. Pero él seguía en sus trece dando más voces aún.

Los niños, al ver la discusión, que tenía su mamá, con aquel guardia, o lo que fuese, y al que ellos no conocían. Empezaron a llorar.

Cuando vio a sus niños, tan asustados, ya, se descompuso y arremetió con todos los compañeros de aquel desconsiderado operario de abastos, y con todos los demás, que le apoyaban.

Uno de ellos dijo:

-Esta mujer no se asusta de los guardias.

Rita se volvió hacia él diciéndole:

-No me asustan los guardias, porque duermo con uno todas las noches.

Otro de ellos se volvió a mirarla y le espetó:

-Pues dígale a ese afortunado, que venga aquí, a recoger el estraperlo, que usted, trataba de pasar, y, además, sin aforo.

Este, dio media vuelta para "cazar" a otro infeliz. Rita al ver el remolino de gente que la miraba, les dijo en voz alta:

¡Ojalá! y reventéis con mis lentejas, cabrones, y volviéndose hacia los niños los calmó diciendo:

-No lloréis hijos, que no pasa nada, venga, vámonos a ver a papá.

Los cogió como pudo. Uno en brazos, la bolsa de la ropita de los niños en el codo (ahora le pesaba menos), otro de la manita, los dos mayores iban cogidos de la mano y arrimaditos a ella y todos juntos caminaron hacia el metro.

Y así llegó a su casa.

Faltaba, un par de horas, hasta que llegase Feliciano. Así que les dio la cena a los niños y los acostó.

Después de acostar a sus hijos. Mientras esperaba, la llegada de su marido, ya no pudo más, y de la rabia contendida que tenía, rompió a llorar. Cuando oyó que se abría la puerta, se compuso, para que no se le notara que había llorado.

Cuando entró Feliciano al comedor, donde se encontraba, Rita fue corriendo hacia él y se fundieron en un abrazo.

Mientras él, se quitaba el uniforme, y ella preparaba la cena en la mesa, le iba contando todo lo que había hecho en Recas.

Le habló de sus padres y hermanos. De su madre la señora Paca. De sus amigos. Que todos, le preguntaron mucho por él. En fin, todo lo que habían disfrutado en los cuatro días que estuvieron en el pueblo. Dejó para lo último, el percance que le ocurrió en la Estación de las Delicias y lo que le habían quitado. También le dijo que si iba él a recogerlo se lo devolvían.

ಡ117ಬ

Dejó el tenedor en el plato, la miró, y contestó:

-Yo no voy a recoger nada, no se vayan a creer que somos estraperlistas de verdad.

Rita lo miró a los ojos, y con esa mirada, lo dijo todo.

Dio sus lentejas por perdidas, su trozo de tocino y su ristra de chorizos. Y lo que era peor, la rabia que sentía por la injusticia. Le miró de frente y le replicó:

-Si yo tuviera el uniforme, mis hijos, no pasarían calamidades. Puesto que otros lo hacen yo también lo haría…

Pero Feliciano, no.

Habría policías honrados, muchos, pero más que Feliciano ninguno.

Su lema era, rectitud y honradez. Eso les inculcó a sus hijos a lo largo de toda su vida. Que fuesen honrados, ante todo. Y Jamás les puso la mano encima… Salvo algún coscorrón.

De lo único que se servía del uniforme, según Rita, era, para que, cuando venía algún amigo de Recas, le quitase una multa, que antes le había puesto algún compañero, en los alrededores del Mercado Central de Legazpi. Eso sí que lo hacía.

¡Y más de una vez!

Esto por supuesto, se lo ocultaba a Rita la mayoría de las veces. Si alguna vez se enteraba le reprochaba:

-Para eso si andas listo, y no te preocupas de deshonrar el uniforme. Claro como es para tus paisanos.

En otras ocasiones, cuando le decía que había visto a alguno del pueblo. Ella, ya sabía por dónde iba la cosa y le decía con un poco de retintín.

- ¿Te ha traído un jamón?

Esa frase era suficiente, para que Feliciano se echase a reír y le contestara:

-Pobrecillos, si vienen a mí como si yo fuera el amo de Madrid. Y se van tan contentos… Mira, hoy ha venido Eusebio el hijo de Toribio. Me cuenta, que le han puesto una multa de veinticinco pesetas, el motivo ha sido que la mula, se ha parado y no quería caminar, por lo tanto, ha tenido el tráfico, paralizado más de media hora, con el consiguiente perjuicio. La multa que le han puesto, es casi lo que valía el carro de cebollas que ha traído. ¿Qué trabajo me cuesta hablar con mi compañero? Ellos también me lo piden a mí. Me ha dicho… que cuando se la quite, te va a traer unas pocas cebollas.

Se echaron a reír los dos mientras cenaban.

Los días pasaban, unos mejor que otros.

La familia iba aumentando, ya tenían cinco niños. Rita, tenía ya tres en la escuela.

¡Y que feliz se sentía cuando los veía hacer los deberes!

Claudia, hacía unas cuentas de multiplicar y dividir enormes. Ella claro está, por desgracia, no las entendía. Pero cuando llegaba Feliciano por la noche y se las enseñaba. Los dos se quedaban admirados.

Como si lo que hacía su niña fuese una cosa extraordinaria. Feliciano, no entendía, como siendo tan pequeña, hacía esas enormes divisiones, que tenían tantos números en el dividendo como en el divisor… Recordaba, la que le pusieron a él en su examen de Guardia Municipal.

Rita, ahora, como Claudia ya sabía escribir, se podía cartear con una hermana suya, que tenía en Campo de Criptana, (Ciudad Real).

Esta, tampoco sabía leer.

Pero tenía a su vez un hijo. Un año mayor que Claudia… que también hacía de "secretario" de su madre.

Las dos hermanas, estaban encantadas con tener correspondencia. Pero ni a Claudia, ni a su primo Eduardo, les hacía ninguna gracia escribir tantas cartas.

En el momento que llegaba una carta de la tía Concha a Madrid, enseguida Rita, casi exigía:

-Ha habido carta de la tía, tenemos que contestarla.

Por lo tanto, en Campo de Criptana, la otra tía decía lo mismo. Por lo cual, a los dos "secretarios" no les hacía ni pizca de gracia tanta correspondencia.

En una ocasión, el primo Eduardo, le preguntó a su prima, si podía proporcionarle, algunos números del comic, de El Guerrero del Antifaz, que estaba en todo su apogeo en aquellos años. A su pueblo, no llegaban tan pronto como a Madrid.

Cuando Claudia le dijo a su madre, lo que pedía su primo. A esta le faltó tiempo, para ir a comprarlos y mandárselos lo antes posible.

A partir de aquel momento, los primos tuvieron más protagonismo a causa de los tebeos y les costaba menos pereza ponerse a escribir.

Los tíos Paco y Concha, eran los molineros de Campo de Criptana. En este pueblo, como en muchos otros, se pasaba mal. Pero no tanto como en las ciudades, sobre todo en Madrid.

Allí, por lo menos, harina, no les faltaba, y Concha pensó, que, a lo mejor a su hermana, no le vendría nada mal un poco de la que a ella le sobraba.

Pensado y hecho.

Hizo un paquete y se lo mandó con un "recadero" que hacía varios viajes, desde otros pueblos a la Capital.

Por supuesto… burlando el aforo.

Cuando Rita, recibió dicho paquete, su alegría no tenía límites. Había harina blanca, harina de titos, o sea de almortas. También le mandó almortas en grano, en fin, para un banquete farináceo.

Mientras le duró, Rita hizo lo que pudo. Hacía gachas con la harina de titos, rosquillas y pestiños con la de trigo, con las almortas en grano, las cocinaba guisadas. Como si de unas lentejas se tratase. Además, con esta clase de comida, los niños engordaban que daba gusto verlos y más, cuando había tanta necesidad y otros niños estaban tan flacos.

No fue esta la última vez, que su hermana le mandó una buena remesa de harina. De vez en cuando, recibía una carta diciéndole, que se pasara por la casa del "recadero" así era como llamaban a este hombre, que tan bien sabía burlar la vigilancia de las estaciones.

Más de una vez, en el mismo paquete, llegaban, tocino, chorizos y morcillas de la matanza.

Un día fueron visitados por el tío Jacinto, este, venía acompañado por su hija Manolita.

Manolita, era hija única, por ese motivo tenía todos los caprichos de los que carecían sus primos.

La niña, era una preciosidad. Muy morenita, su pelo era negro, como el azabache, era lista y zalamera, por lo tanto, tenía a sus padres, que se les caía la baba, solo de mirarla.

Pero el caso es, que, a su tía Rita le sucedía lo mismo.

Cuando empezaron a despedirse, la niña, dice que quiere quedarse con sus primos unos días.

Era verano y no tenían clases en la escuela. Los dos hermanos, se miraron: uno, quizá pensando cómo iba a dejar a su niña en casa de su hermana, cuando esta tenía cinco hijos que alimentar. La cosa no estaba para tener un invitado, mucho menos con la escasez que había de casi todo. Aunque muchas veces Rita decía un refrán que acopló en ese momento, dirigiéndose a su hermano le dijo:

-No te preocupes, haremos *"la mesa de San francisco, donde comen cuatro, comen cinco"*.

Estaban pensando con resolver el asunto cuando el tío Jacinto, decidió, por no ver llorar a su hija.

La decisión fue, que, alguno de sus sobrinos, se marchara con él. O sea, un intercambio.

No tuvieron que echarlo a suertes, pues los dos hermanos pensaron que, ya que el pequeño Feliciano era tan comilón…fuese el elegido. Así lo hicieron. Manolita se quedó con sus tíos y primos, y el pequeño Feliciano, se marchó con su tío. Iba más contento que unas castañuelas, la niña se quedó encantada en casa de su tía.

Pasados diez o doce días. Volvió el tío Jacinto, con su sobrino Feliciano.

Este venía muy contento, se lo había pasado, con sus tíos, de maravilla. Le habían hartado de comer. Pues como la niña, siempre estaba, inapetente, les hacía mucha gracia, que el pequeño Feliciano, siempre tuviese tan buen apetito. Además, no le ponía pegos a nada de lo que le pusieran en el plato. Y más si estaba lleno.

Manolita, que, en su casa apenas comía. En casa de sus tíos y primos, no solamente comía bien, si no que comía de todo. Comió, gachas, lentejas, garbanzos, patatas, sopas de ajo y hasta sardinas arenques.

Cuando Rita se lo contó a su hermano. Este no salía de su asombro. Al final, la niña se quería quedar con sus primos, y el pequeño Feliciano, quería volver a la casa de sus tíos. Les dijeron que, como ya se acababan las vacaciones, el próximo año volverían y se irían otra vez. Manolita con su tía Rita y el pequeño Feliciano con su tío Jacinto…Parece que se quedaron convencidos.

La vida seguía teniendo escaseces, y cuantos más eran en la familia a menos tocaban.

Gracias que Feliciano tenía sueldo fijo, que, aunque les venía corto, sabían que todos los meses tenían la paga segura.

Rita se las veía y se las deseaba para poner el plato diario en la mesa.

La verdad, es que no eran platos como los que ella sabía cocinar tan ricos, no, eran la mar de sencillos o mejor diríamos, sencillísimos. Porque, cuando no le faltaba el pollo al arroz, le faltaba, la carne a las patatas. A pesar de todo, Rita hacía unos arroces que se chupaban los dedos.

Con solo un sofrito y un poco de bonito, el arroz estaba riquísimo. Otras veces lo hacía con coliflor... le salía, exquisito.

Claro que, los huevos y la leche no se veían en esta casa... ni en muchas otras, de aquella época. ¡Ya vendrían tiempos mejores!

Pero a pesar de todo, todos ellos, estaban contentos y felices.

16

Un día de duro invierno, a mediodía. Apareció la hermana de Rita, que vivía con su madre y un hermano en Recas.

Los dos estaban solteros.

Aunque era más joven que Rita, Leandra, apareció con un pañuelo negro en la cabeza y arropada con un gran mantón de lana, también negro, que era de su madre. Además, se la veía un poco obesa. A Rita, no le extrañó, porque en esos tiempos y con el frío, las mujeres se arropaban con grandes mantones.

Leandra entró.

Se quitó el pañuelo de la cabeza, se despojó del mantón, empezó a quitarse sayas y camisolas y…

- ¡Dios mío! Dijo Rita.

Traía alrededor de su cuerpo… un cerdo abierto en canal.

Lo traía, muy bien camuflado, tanto, que, ni los (listos) guardias de abastos, de la Estación de las Delicias, fueron capaces de detectarlo.

Los niños más pequeños, al ver aquel espectáculo, rodearon a su tía. Pues no sabían si era el cuerpo de la tía lo que asomaba debajo de sus ropas, o quizá, que estaba medio descuartizada.

Rita un poco asombrada, exclamó:

- ¡Pero muchacha! ¿Que has hecho?

-Pues nada, ¿Qué quieres que haga? Que les voy a quitar un poco de hambre a mis sobrinos, y también, a los que se me pongan por delante.

Los que se le ponían por delante, eran, ni más ni menos, los clientes que ya tenían una parte del cerdo apalabrada, y no era la primera vez, que la esperaban con los brazos abiertos y la sartén puesta en el fuego, deseosos, de degustar tan rico y escaso manjar. Rita le preguntó:

- ¿No te lo han visto en la Estación? - ¿Has tenido que pagar aforo?

-Ni me lo han visto. Ni he pagado aforo. ¿Quién se va a fijar en una vieja que no trae ni siquiera una bolsa? Mira, el billete en una mano y en la otra un pañuelo para limpiarme los mocos. ¡Porque con este frío!… ¿Dónde están tu marido y los mayores?

-Ahora vienen ha ido a buscarlos a la escuela.

Cuando llegaron, Feliciano, Claudia y el pequeño Feliciano, se pusieron muy contentos de ver a su tía. Pero quien se puso contento de veras, fue Feliciano. No tanto de ver a su cuñada, si no, de ver el magnifico cerdo que había traído.

El marrano, les dio mucho juego.

No solo se hartaron de carne, también les proporciono dinero. Pues, tuvieron que vender, más de la mitad, por temor a que se les echase a perder. Además, así Leandra cumplía con sus "clientes"

Vendieron parte del cerdo entre varios vecinos, que se pusieron muy contentos. Algunos dijeron, que no tenían dinero, pero Leandra les decía:

-No se preocupen, en la próxima visita me lo pagan.

Es de imaginar. Que la tía Leandra, hizo más de un viaje a Madrid a "visitar" a sus sobrinos.

En Madrid, se pasaba mal. Porque eran muchos y escaseaban los alimentos.

Sin embargo, en los pueblos era distinto. Tal era el caso de Recas. La mayoría, tenía sus tierras, las sembraban y no les faltaban. Los garbanzos. Las lentejas. El trigo, y casi todos tenían un marrano y gallinas en su corral. Los padres de Feliciano también los tenían. Lo cierto es que, al menos, los campesinos tenían más fácil los productos de primera necesidad que las gentes de ciudad. Estos últimos, gracias al contrabando, (mercado negro) o al estraperlo, accedían a los productos que el mercado oficial, no realizaba.

Uno de esos años, los abuelos paternos, sembraron, una de sus tierras de guisantes. Como en el pueblo, todos, o la mayoría, sembraba, pues claro, no vendieron, ni un kilo, así que los dejaron secar porque no sabían qué hacer con ellos.

Cuando estuvieron secos los guardaron en una cámara que tenían, encima de la cuadra. Como no tenían salida. Pensaron, que se les iban a apolillar. A la abuela Jacinta, se le ocurrió que quizá a sus hijos "madrileños" les serían de utilidad. Pues era bien sabido que, todo lo que llegaba a Madrid, era bien recibido.

No lo pensó mucho.

Preparó un viaje hacia Madrid. Así de paso veía a sus nietos, ya que no lo hacía, con mucha frecuencia.

Puso un telegrama a su hijo para que fuera a buscarla a la famosa, Estación de las Delicias, que era donde llegaban todos los trenes de Extremadura, ella llegaba en el de Cáceres.

Cuando se bajó del tren, allí estaba su hermoso hijo de uniforme. Ella lo veía más hermoso todavía de lo que era. Pero, cuando él vio la bolsa tan grande, que traía su madre, le empezaron a correr, unas enormes gotas de sudor por la frente, y a ponerse tan pálido, que su madre, no pudo por menos, que preguntarle:

- ¿Te pasa algo hijo?

-No, nada madre. Vámonos, pase delante de mí y no se pare al llegar a la puerta.

La abuela Jacinta, pasó como él le había dicho, y mirando a los de abastos, con toda la inocencia, del mundo les dijo orgullosa:

- ¡Este es mi hijo!

Y siguió caminando delante de Feliciano, tan contenta, y con su enorme bolsa, enganchada del brazo.

Pero él, iba de todos los colores y sudando, temeroso, por si los de abastos, llamaban la atención a su madre por la enorme bolsa que llevaba. Casi la arrastraba por el suelo. Cuando salieron de la estación, sin novedad, le preguntó:

-Madre, ¿Qué lleva usted en esa bolsa?

-Oh, nada de particular hijo, un poquito de matanza.

- ¿Cómo se le ha ocurrido, no sabe que está prohibido?

-Pero contigo no me han registrado.

-Ya, madre, pero… ¿Y si lo hubiesen hecho? Además de uniforme, yo no puedo coger bultos, va a tener que ir hasta casa cargada.

-No importa, pesa poco.

No se atrevió, decirle a su madre el miedo que llevaba encima. Causado por su rectitud o timidez…quizá un poco de todo.

Al llegar a la casa, todos, tanto Rita como los niños, se pusieron muy contentos. Pero, más contentos, se pusieron, cuando vieron, lo que les traía la abuela. Además de los guisantes, que esto a los niños les importó un bledo. Les trajo:

Unas buenas ristras de chorizos y morcillas de su propia matanza, y un buen trozo de tocino. También traía con mucho cuidado, una caja de unos ricos mantecados, que hacía el panadero, que surtía de pan y bollería a todo el pueblo.

Después de ver esto, a Feliciano ya se le habían pasado los sudores y el susto, después de pasar, por la aduana de la estación.

Además de estar contento de ver a su madre y degustar las ricas viandas, con las que vino acompañada. Recordó más si cabe, a su querido pueblo. Rita lo notó, cuando le vio oler los chorizos. Lo hizo con los ojos cerrados...su mujer lo conocía bien.

Después de marcharse la abuela Jacinta, Rita, no sabía que hacer con tanto guisante. No así los chorizos que ya quedaban pocos. Ella los cocinaba como se hacen las lentejas y las alubias. Pero claro se cansaban, de comer guisantes tan a menudo, aunque, tanto los niños como los padres tenían como se suele decir, buen diente y buen apetito. Claudia, era más melindrosa y veía bichos por todas partes. En las lentejas, en los guisantes y hasta en los garbanzos... y era verdad. En aquella época, que escaseaban tanto, las legumbres, no se explica como estaban tan pasadas y tenían bichos.

Un día comiendo todos juntos en la mesa, Claudia iba apartando guisantes a un lado. Al preguntarle Rita porque hacía eso, la niña contestó:

-Porque tienen bichos.

Rita que andaba con la mosca tras de la oreja no dijo nada. Pero al día siguiente pensó, que tenía que dar salida a los guisantes... por si acaso. Empezó, regalándole un tazón lleno a una vecina que también tenía muchos niños...y terminó vendiendo el resto.

Se los quitaban de las manos. O, mejor dicho, se los llevaban por kilos. Como no tenía una balanza donde pesarlos, los medía por tazones.

Calculaba:

Un tazón un cuarto de kilo, por lo tanto, cuatro tazones, un kilo. Los vendió, al precio de un real el tazón. Así que, cuatro tazones, una peseta.

¡Qué bien le vino aquel dinero extra a Rita!

Y además se deshizo de los guisantes que tanto odiaba Claudia, en un "plis-plas".

Ese mismo año tuvieron su quinto hijo, era precioso, todos fueron guapos, pero este tenía algo especial, era casi negrito de lo moreno que estaba. También todos eran muy morenos. Salían a su padre. Cada vez que nacía uno y Rita lo veía tan moreno, decía:

- ¡Cómo me gustaría tener un hijo rubio! ...no lo consiguió.

Con el correr de los años, este niño se hizo hombre, se casó con una preciosa joven que además era rubia, lógicamente, tuvo varios hijos rubios. Por lo tanto, aunque no un hijo, Rita, consiguió, más de un nieto rubio…Y algún bisnieto.

Claudia, seguía leyendo todos los periódicos que traía su padre. A Rita le encantaba enterarse de todo lo que ocurría.

También se enteró, que una vecina, estaba leyendo una novela por entregas y que era muy bonita. No le hizo falta saber mas, ella quería leerla, o, mejor dicho, que se la leyera su hija.

No lo pensó mucho y le pidió prestada a dicha vecina la famosa novela. Desde ese día, ahí teníamos todas las noches a Claudia, leyendo en voz alta mientras sus padres la escuchaban con deleite.

La famosa novela se titulaba "Gorriones sin Nido". La cosa iba de dos niños, de unos siete años, huérfanos y sin casa. Tenían que comer lo que encontraban en los vertederos, que era poco y malo. No tenían ni familia…en fin una verdadera tragedia. Según la niña iba leyendo las dramáticas situaciones, Rita lloraba a moco tendido, Feliciano también. Pero hacía que no se le notase. La pobre niña sentía un nudo en la garganta que no podía exteriorizar, y lo pasaba fatal. En fin, allí lloraban hasta las ascuas del brasero… pero según ellos se lo pasaban en grande.

Claudia, también tenía su picardía. Como le gustaba muchísimo leer, también ella tenía sus preferencias. Lo que verdaderamente le gustaban eran los tebeos de Hadas y de Roberto Alcazar y Pedrín.

Como no le podían comprar muchos, los cambiaba en un kiosco, por cinco o diez céntimos cada uno. Como tampoco, le podían dar muchas veces dinero, cogió el truco de leerle a su madre, las historias, que ella creía más bonitas y sentimentales y que a Rita también le encantaban.

Así más de una vez, tenía el cambio de tebeos asegurado.

17

Los años cuarenta y principio de los cincuenta. Fueron bastante malillos, por suavizarlo un poco.

Seguía el racionamiento y seguía siendo escaso. La gente lo pasaba mal y, sobre todo, los menos pudientes.

Había mucha picaresca, algunas familias, que se les había muerto un familiar, se quedaban con la cartilla de racionamiento y, por lo tanto, tenían más raciones. O sea. Tenían cartillas de racionamiento... hasta los muertos.

El estraperlo seguía a la orden del día, cada vez había más estraperlistas. Estos, para no pagar el aforo, que les exigían en las estaciones, de entrada a Madrid y en otras capitales, tales como Barcelona, Valencia o Bilbao. Cien o ciento cincuenta metros antes de llegar el tren, a la estación. Tiraban los sacos de patatas, legumbres, harina y cualquier cosa comestible por la ventanilla. Los cuales eran recogidos por familiares y amigos, de los que los habían tirado, y claro está, no solo se ahorraban, el dinero del aforo. Además, también, evitaban, que los "honrados" guardias de abastos, se quedaran con parte o con todo lo que a ellos tanto sacrificio les costaba, incluso, algunos, lo pagaron con su propia vida, Pues muchas veces viajaban en el techo de los vagones por no pagar billete, se distraían cuando entraba el tren en un túnel y fueron muchos los que murieron en esas trágicas circunstancias.

Rita, y mucha gente, que como ellos eran muchos de familia, no tenía más remedio que comprar víveres como fuese, para dar de comer a la familia.

No tenía mucho dinero, pues la paga, se le quedaba corta. Pero había veces que ciertas cosas como el aceite, patatas o alguna legumbre, le venían muy bien y no tenía más remedio que comprarlas de estraperlo a precios abusivos, en comparación a como estaban las tasas puestas por el Gobierno.

El precio de tasa del azúcar, era 1,90 pesetas el kilo.

En el mercado negro costaba, 20 pesetas.

El aceite de racionamiento se pagaba a 3,75 pesetas el litro y a 30 pesetas de estraperlo.

Todos pensaban que era demasiado caro. Pero no tenían más remedio que comprar al precio que fuera, y lo compraban haciendo grandes sacrificios.

No es de extrañar, que, si tenían que comprar a estos precios en el mercado negro, la paga, se les quedara pequeña.

Una ley de 1941 que amenazaba con la pena de muerte a los especuladores. No sirvió más que para provocar el suicidio de un hombre de Zaragoza que por miedo, se arrojó al río Ebro.

Si hubiera esperado, como el resto, habría visto que siete años después, se ponía, una multa ejemplar a los gestores del Consorcio Harinero de Madrid por especular con el trigo que Perón mandaba desde Argentina.

No se supo que hubiera ninguna pena de muerte a causa del estraperlo.

En esos años, el Gobierno español no estaba reconocido por varios países. Sin embargo, el único país que extendió su mano a este gobierno, fue, precisamente, Argentina.

En 1946 concedió un préstamo de 350 millones de pesos, otorgado por 3 años a muy bajo interés.

En 1947 mandó, 400.000 toneladas de trigo. Otras 300.000 en 1948.

Se agregaron 120.000 toneladas de maíz en años sucesivos, además de las provisiones de, carne congelada, legumbres, aceite, huevos y otros productos.

Era curioso, como las lentejas provenientes de Argentina, no tenían bichos, pues en España sí que tenían…y muchos.

Tal es así, que la gracia de los españoles aún en lo más dramático de la situación, decían.

¡Que comían lentejas con "carne"!

Muchos de los barcos que mandaba Argentina, cargados de trigo, se "perdían" en el Océano.

Los huevos, a causa, de lo que tardaban, en llegar a España, la verdad es que, frescos, frescos, no llegaban. Lo que mejor llegaba a las manos del consumidor era la carne. Por supuesto, que llegaba congelada. Pero por la ignorancia de la época, a muchos (como era el caso de Rita), no les gustaba, decían, que, tenía mucha agua, y eso les parecía raro.

Esta se vendía con las cartillas de racionamiento, si alguien no la compraba, por aprensión. Otro menos escrupuloso y con más dinero… se la comía.

Tal fue el caso de Rita, jamás puso en su mesa carne congelada…

Uno de los barcos que jamás llegó a puerto español fue el llamado *Alcatraz*.

Este barco, iba cargado de arroz, para aliviar la hambruna, que muchos sectores padecían.

Comenzaron a circular rumores que indicaban, que la tripulación, había contraído una enfermedad, contagiosa y mortal, que había hecho que el barco fuera sin rumbo…

Hubo quien afirmó, que el cargamento fue robado por los mismos tripulantes y vendido a los estraperlistas, para su posterior comercialización, en el mercado negro.

Lo único cierto es que ese ansiado barco cargado de arroz, nunca llegó a ningún puerto español de manera oficial.

De este caso, los andaluces, con la gracia que les caracteriza, hicieron un refrán.

Así cuando alguien no estaba seguro de algo, le decían:

"Estás más "perdió" que el barco del arroz".

Un día, mientras los niños hacían los deberes, Rita dirigiéndose a Claudia, que, aunque la niña tenía diez años, comprendía a su madre con la que tenía muchas charlas, comentó:

-No sé qué voy a preparar hoy de cena, pues está la despensa vacía, a menos, que haga una sopa de pan, que es lo único que tenemos.

Lo pensó y lo hizo.

Con unas barras de pan, poco podía hacer. Pero con sus buenas manos de cocinera experta… Cogió una cebolla, un pimiento y un tomate. Se fue a la cocina, hizo un sofrito, le añadió agua y pan muy picadito, después de haberlo rehogado bien y le salió una enorme cazuela de riquísima sopa. El resto de del pan, lo hizo frito en rebanadas y todos los niños cuando lo vieron, se pusieron muy contentos.

Un ama de casa previsora podía hacer muchísimo con muy poco. Y ella lo era.

Le salieron unos buenos platos de sopa, para todos. Además, un plato para una vecina, que vivía sola y tenía menos que ellos…Rita era muy caritativa… aún en los malos tiempos.

Mientras cenaban los niños, antes de que llegase su padre, Claudia le explicó:

-Mamá, el padre de mi amiga Pilar, vende patatas y más cosas.

-Entérate donde vive y cuando tengamos dinero, podremos ir a comprar, veremos lo que tiene.

La niña así lo hizo.

Al día siguiente, cuando llegó de la escuela, traía un papel con las señas de su compañera Pilar.

En la primera ocasión que Rita tuvo dinero y le hacía falta comida, (que era muy a menudo) le comentó a Claudia:

-Esta tarde vamos a ver si el padre de tu compañera tiene garbanzos o judías.

Como se hacía siempre, al anochecer, salieron las dos con la intención y la esperanza de poder comprar algo.

Todo en aquella época estaba muy deteriorado, los barrios estaban apenas iluminados y la gente se recogía pronto en sus hogares.

El barrio donde vivía Pilar no iba a ser menos y además estaba un poco retirado de donde vivía Claudia.

Con mucha precaución y, con poca luz, se abrió la puerta en la que ellas llamaron.

Allí estaba, su amiguita Pilar, con una señora, que se suponía era su madre.

Al reconocer a Claudia, exclamaron las dos a la vez:

-Pasen, pasen, ¿Qué desean?

Rita, adelantándose, contestó:

-Buenas noches, quería saber si me podían vender garbanzos, judías…o lo que sea.

-Lentejas, tenemos, lentejas y patatas.

-Oh, estupendo, comentó Rita.

En ese momento, se abrió una puerta, de una habitación contigua y salió un hombre:

El padre de Pilar.

Rita se quedó blanca cuando lo vio.

El hombre, se adelantó y dijo:

-Buenas noches. Ya me ha dicho mi hija que su marido es guardia, por lo tanto, como compañeros que somos, la trataremos bien.

Rita, se volvió para verle mejor la cara y al reconocerlo le espetó:

- ¡Pedazo de mamón, ladrón!, ¿me vas a vender las lentejas que me robaste? Tú no eres compañero de mi marido. Mi marido es honrado y tú eres un ladrón de categoría. ¡Así se te pudran las lentejas, las patatas y hasta la madre que te parió, cabronazo!

La madre de Pilar, dirigiéndose a Rita le recriminó:

-Señora, no insulte usted a mi marido.

-Su marido, además de ladrón, es un cobarde. Me quitó dos kilos de lentejas, porque tenía a cuatro niños a mi cuidado llorando y agarrados a mis faldas. Pero ahora… lo voy a destrozar.

Hizo intención de abalanzarse sobre él. Este la esquivó y Claudia la sujetó de la ropa y tiró de ella.

En ese momento, Rita, se dio cuenta de que no estaba bien lo que iba a hacer. Aunque no por falta de ganas, y retrocedió.

Cogiendo de la mano a su hija y dando voces insultando al padre de Pilar, se fue hacia la puerta diciendo:

-Vamos hija salgamos de aquí.

-Espera un momento mamá.

Claudia, dirigiéndose a su compañera Pilar, muy reposadamente, le dijo:

-Yo no tengo zapatos de charol. Ni la Mariquita Pérez como tú. Voy en alpargatas, pero mis padres, son los mejores padres del mundo, además de eso, son honrados y decentes.

Salieron a un corredor, en el que había varias puertas, antes de llegar a una escalera, que las llevaría hacia la calle.

Hasta que salieron del portal, a la calle. Rita no paró de insultar al "representante de abastos" que, en la Estación de las

Delicias, un par de años antes, le quitó un puñado de lentejas y media docena de chorizos.

Le llamó de todo. Menos bonito. Todo ello a grandes voces. Y se fue con su niña, que a ella también, le parecía la mejor hija del mundo.

Cuando salieron a la calle, se dieron cuenta de que todas las puertas del corredor estaban abiertas y varias personas fuera de ellas.

Ya en el exterior, en el mismo escalón del portal, un vecino que entraba y había visto y oído el jaleo, le comentó:

-Bien hecho señora. Además de que son estraperlistas nos miran por encima del hombro. Y como tienen la sartén por el mango, no los podemos denunciar.

Ya iban camino de casa y Claudia le preguntó:

-Mamá, ¿Por qué dices tantas palabrotas?

-Son los nervios hija.

Y las dos se echaron a reír.

Se rumoreaba, que ocurrían estas cosas. Siempre, en todas las profesiones hay gentes corruptas y más en las… digamos, que tenían un poco de autoridad.

En estos años, muy pocos había decentes como Feliciano. Aunque Rita, le decía que era tonto.

Cuando llegaron a casa ya estaba Feliciano allí, al verlas llegar tan tarde preguntó:

- ¿De dónde venís?

Rita con muy mal genio le contestó:

-Hemos ido a por lana y venimos trasquiladas.

Feliciano se asustó y se puso en guardia.

- ¿Qué os ha pasado?

Con el cabreo que tenía Rita le respondió:

-Pues, que, si tú fueses como otros hombres, nosotras no teníamos que ir de noche a comprar comida a escondidas.

Con esta respuesta, Feliciano se asustó más todavía. Se acercó a la niña, la miró y luego se fue hacia Rita.

Al verlas bien, se quedó esperando respuesta. Rita lo miró y se fue a la cocina a prepararle la cena.

Mientras tanto, Claudia, le contó a su padre, todo lo que había sucedido y, a Feliciano, no se le ocurrió otra cosa que preguntarle:

- ¿Le ha pegado mamá a ese hombre?

La niña le respondió:

-Le ha faltado poco.

Los dos se echaron a reír. Cosa que enfureció más a Rita.

Mientras duró la cena, Rita, no paraba de despotricar. Hasta le llegó a llamar calzonazos.

-Vamos a ver, ¿Qué quieres que haga yo?

-Que vayas una vez al mes a Recas y nos traigas, aunque sea… piedras, de la orilla del río. Allí no pasan tantas calamidades como pasamos aquí. El que más y el que menos siembran sus tierras como hacen tus padres. Podías traer, legumbres, aceite y…

-Tú sabes, que yo no puedo hacer eso.

-Pues déjame que vaya yo, tú no tienes que hacer nada más que, ir a buscarme a la estación, como hiciste con tu madre.

-Es que, si llego a saber, que mi madre, trae esa bolsa de guisantes… no voy a buscarla.

-Te advierto que si tu madre, hubiese dejado la bolsa en la carretera, había llegado sola, hasta aquí, de los gusanos que tenían los dichosos guisantes.

- ¿Qué los guisantes de mi madre tenían gusanos?

-No pocos. Hasta cocidos, se movía la olla sola por el fogón.

- ¿Y los que nos comimos nosotros, también estaban con gusanos?

-También, y tú, hasta te comías dos platos llenos.

- ¡Dios mío! Dijo Feliciano llevándose la mano al estómago.

Rita continuó:

-La primera que se dio cuenta fue Claudia, ¿Por qué crees que no los quería?

-No sé cómo te pones así con los guisantes. Peor fue lo que hizo tu madre…

- ¿Qué hizo la abuela Paca, papá? - Preguntó Claudia.

-Mientras yo estaba en Brunete. Mamá y la abuela, enterraron en el establo, el baúl rojo con todo el ajuar de mamá. Se creían que los militares, les iban a robar a ellas las sábanas. Cuando terminó la guerra, casi me dejo los riñones sacando el dichoso baúl de aquel agujero.

Claudia se reía.

-No le hagas caso, hija. -comentó Rita.

Feliciano siguió diciendo:

-Lo otro que hizo tu abuela, fue peor, ella no enterró ropas. Lo que hizo, fue enterrar la fortuna que tenía, que se componía de muchos duros de plata, y los pendientes de todas sus hijas. Incluidos los tuyos. Lo metió todo en un saco. Lo malo fue, que, al terminar la guerra, no supo donde los había escondido. Nos dijo que cerca del tronco de un olivo, pero… ¿Qué olivo? No supo decir, ni siquiera el sitio aproximado. Cuando todos sabemos, que en Recas hay una gran extensión de olivares…

Estuvieron discutiendo durante toda la cena.

Claudia, se acostó, y aún, desde su cuarto, los escuchó discutir, un buen rato. Se reía de las cosas que decían… Bueno, de las cosas que decía Rita. Porque, Feliciano no hablaba.

En algún momento de la conversación, decía. Sí… No… Bueno… O, … Lo que tú digas.

No sabemos, cómo terminó la cosa. Pero a los nueve meses les nació otro hijo… Y es que Rita… Veía a Feliciano en calzoncillos y se quedaba embarazada.

Y el niño, no vino precisamente, con un pan, debajo del brazo, si no con una cartilla de racionamiento. Claro que, como el bebé mamaba, los demás se comían su ración de pan y patatas… cuando las había.

Ya tenían un hermanito más.

Claudia, no volvió a ver a su compañera Pilar en la escuela. Un día, le preguntó a la profesora si sabía algo de ella, ésta le respondió, que se había cambiado de escuela. Porque se habían ido a vivir a otra barriada. (?)
Lo sintió mucho, pues eran muy buenas compañeras y ambas se apreciaban de veras…

Una semana después de estos acontecimientos, empezaba la Semana Santa.

Como siempre, Feliciano, tuvo que hacer doble servicio.

Lo mismo que hacían todos sus compañeros.

Tenían que cubrir, la Procesión del Silencio, del viernes Santo, que terminaba casi a las dos de la madrugada.

Sobre las siete de la tarde, le relevaron media hora para que fuese a tomar algo y fumarse un cigarrillo. Él, no tenía dinero para tomarse un café tan siquiera. Se fue a una portería de la calle del Arenal, que ya le conocían y allí, se estaba fumando su cigarrillo, cuando llegó el frutero que tenía la frutería junto a la portería, y lo saludo:

- ¿Qué hay Feliciano descansando?

-Si, hoy no llego a casa lo menos hasta las tres de la madrugada y tengo más hambre, que el perro de un ciego.

- ¿Le gusta la fruta? -Venga a casa y coma lo que quiera.

Feliciano no se hizo de rogar.

Pasó a la frutería y señalándole el frutero un montón de plátanos, muy maduros le dijo:

-Coma los que le apetezcan.

Cogió uno… después otro… volvió a coger otro…. ¡Estaban tan ricos! y él ¡tenía tanta hambre! Que nunca supo los que se había comido. Además de "postre" se comió una enorme naranja de "Wasi".

No quedó ahí la cosa.

Porque, cuando terminó el servicio y llegó a casa, eran más de las tres de la madrugada, se comió un enorme plato de lentejas…y se fue a la cama.

¡Pobre Feliciano, que cólico le dio!

Cuando intentó levantarse, a la mañana siguiente, no podía, llamó a Rita a voces y ella, fue corriendo asustada, pero, cuando le contó lo que le pasaba, lo recriminó:

-Te está bien empleado, por tragón.

Le hizo una manzanilla y se fue a llevar a los niños a la escuela. Desde allí, Rita se marchó a casa de doña Atanasia. Que se había quedado sin cocinera y llamó a Rita, como había hecho otras veces, cuando le ocurría lo mismo, y hasta que encontraba otra, Rita siempre acudía a su llamada con mucho gusto.

Al llegar los niños de la escuela vieron que no tenían la comida hecha y además su padre estaba dando gritos de dolor.

De momento se asustaron.

Claudia, como era la mayor, se acercó a su padre y le preguntó:

- ¿Qué te pasa papá?

-Estoy muy malo hija, llama a mamá que ha ido a casa de doña Atanasia.

-Pero yo no se ir en el metro…

-Ayyy, ayyy, yo me muero.

Claudia, no esperó más. Le dijo al pequeño Feliciano, que era el que seguía en el escalafón de hermanos:

-Cuida de los niños, yo voy a buscar a mamá.

Y salió corriendo.

De haber ido en el metro, habría tardado media hora. Ella, atravesando calles y plazas, llegó en menos tiempo.

Cuando Rita la vio, lo primero, le preguntó, que adonde iba, cuando se enteró de lo que pasaba, la tranquilizó diciendo:

-No te preocupes hija, tu padre no se va a morir de esta, lo que le pasa es que es un tragón y un quejica...

¡Que bruta era!

Enseguida, apareció la señora y al ver a Claudia se asustó.

- ¿Pasa algo Rita?

-Nada señora. Que ha Feliciano le ha dado un cólico y cree que se va a morir.

- ¡Dios mío Rita que bruta es usted! Ande márchese rápidamente, ya terminaré yo lo que falta.

Cuando llegaron a casa. Aquello parecía un espectáculo.

Los pobres niños, llorando y Feliciano dando alaridos de dolor. Rita, lo primero que hizo fue atender a los niños para que no se asustasen, más de lo que ya estaban.

Cogió a uno de la mano, se lo llevó al comedor, los demás la siguieron y en un momento les preparó la comida.

Cuando ya estaban todos sentados a la mesa uno de ellos, preguntó:

- ¿Qué le pasa a papá, no va a comer?

-No, hijo, tu padre ya ha comido para unos cuantos días.

Desde la habitación, se oyó a Feliciano decir:

-Rita, tu no me crees... pero yo estoy muy malo... me muero.

-No, tú no te vas a morir. Lo que te pasa, es que vas a reventar por glotón.

Mientras los niños comían, los tenía calmados y callados. Rita se dispuso, para atender a Feliciano. De vez en cuando, le repetía, que era un tragón y un glotón.

No tenían médico, pues ni la Guardia Municipal, ni nadie en España, tuvieron Seguridad Social, hasta cerca de los años cincuenta.

Llevar un médico a casa, para lo que Rita creyó de poca importancia, no estaba, ni dentro de su pensamiento y mucho menos de su presupuesto. Así que le iba a curar, como lo hacía con los niños, cuando tenían empacho.

Ella creyó que lo mejor era, ponerle una irrigación y como lo pensó lo planificó. Preparó, agua hervida y le echó un trozo de jabón. Él que vio los preparativos. Se puso peor de lo que estaba.

-Rita, ¿Estás segura de que tienes que lavarme las tripas con jabón?

-Pues claro, venga prepárate.

Con muy poca delicadeza, Rita empezó…

Al introducirle la cánula del Irrigador en el ano. Feliciano empezó a dar gritos…

-Ayyy, ayy, ayyyyy… ¡Rita tú me matas!

No habían pasado más de diez minutos, cuando los niños vieron salir a su padre de la habitación como una exhalación hacia el patio donde estaba el retrete, y Rita detrás de él riéndose…

Nos suponemos que se recuperó… Bueno es seguro que se recuperó… Pues Rita…Volvía a estar embarazada.

Pasados unos meses, una tarde, Rita se puso de parto. Como casi siempre, que daba a luz, nunca estaba Feliciano a su lado. Y como siempre, la tenía que acompañar a Maternidad alguna vecina.

Esta vez no iba a ser diferente.

Feliciano se encontraba de servicio y Rita se puso mala. La primera vecina que apareció, al ser llamada por Rita, fue la señora Palmira. Ella también, como Rita, estaba siempre embarazada. Por lo tanto, ya tenía experiencia.

Enseguida, la ayudó y la acompañó, dejando a todos los niños al cuidado de Claudia.

No tardó más de un par de horas en volver. Ya venía con la buena nueva. Cada vez que Rita se quedaba embarazada y después de haber tenido al pequeño Feliciano, siempre esperaban, que viniese otra niña, sobre todo Claudia.

Pero no llegaba.

Pues bien, la señora Palmira, con mucho teatro, reunió a todos los niños en el comedor y les preguntó:

- ¿Qué queréis, una hermanita o un hermanito?

Hizo una pausa.

Los niños casi todos a una dijeron:

- ¡Queremos una hermanita!

Y ella, siguiendo con el teatro que le estaba echando respondió:

-Ha sido una niña.

Se hizo un silencio…Claudia, ya estaba a punto de saltar de alegría, cuando la tal señora Palmira, dijo:

¡Pero ha nacido muerta!

Si a Claudia le hubiesen echado un cubo de agua fría por la cabeza, no se habría quedado tan helada como se quedó. No habló, tampoco sus hermanos, a pesar, de que eran muy pequeños, se quedaron mudos mirando a su hermana, calladitos, quizá impresionados. La señora Palmira, volvió a decir, dirigiéndose a la niña:

-Claudia, tienes que ir a avisar a tu padre, y dejando a los niños solos, se marchó a su casa.

Claudia, nunca tuvo una hermana, pero a esta, que no conoció, toda su vida la recordó y la echó mucho de menos.

Feliciano, estaba de servicio en la Plaza Mayor de Madrid organizando, las colas de los tranvías, que bajaban por la calle de Toledo hacia el Paseo de Extremadura.

Cuando vio llegar a su hija, sabía que algo malo pasaba. Fue hacia ella y no hizo falta preguntar nada a la niña. Pues sus ojos llorosos le decían que algo no iba bien.

-Mamá ha tenido una niña muerta.

Feliciano cambió de color, cogió a la niña de la mano, y caminó hacia los soportales de la Plaza Mayor, donde estaba ubicada la comandancia de la Guardia Municipal.

-Espera un momento, hija.

Y justo al momento, salió. Volvió a darle la mano a su hija y los dos juntos, caminaron hacia la primera entrada de metro y marcharon hacia su casa.

No hablaron, solo le pregunto Feliciano:

- ¿Cómo has venido?

-Caminando. Le contestó.

Él le apretó su manita y siguieron caminando por la calle Postas hacia la Puerta del Sol, donde cogerían el metro que les llevaría a su casa.

De Sol a su domicilio, había seis estaciones, que fueron, las que Claudia se hizo caminando sola.

Cuando llegaron a casa, ya era bastante tarde, él dejó a la niña con sus hermanos y se fue a Maternidad. Solo le dejaron visitar a su esposa, porque iba de uniforme. Pues ya no eran horas de visita. Entonces en los hospitales, eran muy estrictos.

Después de ver a su mujer, se tranquilizó, ella por lo menos estaba bien. Para que fuese todavía más duro, le dijeron, que tenía que enterrar a la niña por su cuenta. Él dijo que no sabía que hacer… y allí mismo le "orientaron".

Al día siguiente. Con una caja de madera de esas que vienen llenas de dátiles o higos, debajo del brazo. Iba Feliciano solo. Con el cadáver de su hija, camino del cementerio de Vallecas. Que era el más cercano a su domicilio. Fue caminando a campo través…

¿Qué pensaría durante ese trayecto? Nadie lo supo. Él nunca lo contó. Pasado el tiempo, Rita contó el hecho a su hija. Pero no los pensamientos de Feliciano…Eso, solo Dios y él, lo sabían.

¡Qué tiempos, Señor! ¡Qué tiempos!...

Rita, se recuperó bien. Por lo menos del parto. Ella era una mujer muy fuerte.

Ya tenía cinco hijos.

Eran bastantes para no aburrirse, y no tenía mucho tiempo para pensar en otras cosas que no fuera, como los iba a alimentar y vestir.

Estaba Rita, como siempre, pensando lo que iba a hacer de comida ese día, con el poco dinero de que disponía. Cuando llamó su vecina Juana a la puerta, y al verla pensativa, le preguntó, el por qué estaba así. Rita con toda la confianza de buena vecina, le contó el motivo. Esta le comentó:

-Rita, si yo tuviera el ajuar que tiene usted: esas sábanas tan hermosas, con esos bordados y esos encajes…no tendría problemas de dinero.

Rita la miró asombrada. ¿Acaso le estaba insinuando que vendiera sus sábanas? ¿Aquellas que, con tanto ahínco, protegieron durante la guerra ella y su madre, y, que casi le cuesta a Feliciano, destrozarse los riñones, para recuperar el baúl?

Dijo muy seria:

-Yo no pienso vender mi ajuar…

-No tiene usted que venderlo…

- ¿Entonces?

Lo puede usted empeñar y cuando tenga dinero…lo recupera.

Rita no lo veía nada claro. Pero mirando a sus hijos. Pensando en el poco dinero que tenía y que se acercaba la hora de la comida, le preguntó:

- ¿Y dónde hay que ir?

-No se preocupe. Yo se lo llevo y cuando usted quiera, vamos a recogerlo.

Rita, sacó de su hermoso baúl, tres juegos de sábanas:

Uno bordado en tonos rosados. Otro con un embozo azul. El tercero con un encaje de bolillos, que era una preciosidad…

Se lo llevó la vecina.

No tardó ni un cuarto de hora en volver con…cincuenta pesetas.

Rita en parte se puso contenta, con ese dinero podía dar de comer a su familia unos cuantos días. Hasta que cobrara Feliciano la paga.

No faltaba mucho para primeros de mes. Por lo tanto, cuando cobró Feliciano el próximo sueldo, al día siguiente, fue a casa de la vecina para que, la acompañase, a recuperar las sábanas. Esta al verla llegar, y el motivo que la traía, la tranquilizó diciendo:

-No se apure mujer, no hay prisa, ya iremos a por ello, usted esté tranquila. Lo podemos recoger cuando queramos.

Rita de vez en cuando, insistía, y le pedía, a esta buena señora, que quería recuperar la ropa, no fuera a perderse. Ella, siempre le contestaba igual. Que no había prisa y que allí estaba segura. Esto duró más o menos tres meses. Siempre que Feliciano recibía su paga, Rita iba en busca de la vecina y siempre le decía lo mismo:

Que no había prisa. Que todo estaba en orden. Hasta que un día…le comunicó:

-Rita, ya se han perdido las sábanas…

(Timadores ha habido siempre)

Nadie más, que su pequeña hija Claudia, supo lo que Rita lloró por sus sábanas. Incluso, con el paso de los años, y siendo ya una anciana, jamás dejó Rita de acordarse, de aquella parte de su ajuar perdido.

De vez en cuando, volvía a hablar del tema de las sábanas con su hija. Ya se guardó mucho Claudia, de decirle, que le habían dado un timo…No merecía la pena hacerla sufrir más.

Pasado el tiempo, Rita, tuvo más sábanas de las que pudo gastar. Pues le encantaba la ropa blanca, como ella decía y tenía un armario, lleno de sábanas y hasta con piezas de tela blanca de "La viuda de Torrás" ….

La casa se les iba quedando pequeña y cada vez las cosas estaban peores, para encontrar una nueva.

Respecto a la vivienda, cada vez, era más difícil. Pues llegaba mucha gente de fuera y no era fácil encontrar una casa más grande. Además, que fuese asequible. Pues ya eran una familia numerosa.

Feliciano, se enteró de que, el Ayuntamiento de Madrid estaba haciendo viviendas para sus empleados de familia numerosa, y que tenían los sueldos más bajos. Tales como barrenderos, motoristas y guardias municipales.

Echó una instancia sin muchas esperanzas. No dijo nada a Rita, por si no les tocaba, que no sufriera.

Una hermosa mañana, de primavera, cuando llegaba Rita con sus niños de la escuela, vio a un Policía Motorizado, llamando a su puerta, ella le preguntó:

- ¿Qué desea?

-Busco a Feliciano Rodríguez.

-Es mi marido.

-Pues tenga señora un regalo. Y le dio una carta.

Entraron a la casa y aunque ella no sabía leer. La curiosidad la mataba. Abrió el sobre, y le dio a Claudia la carta, para ser leída.

La misiva decía:

¡¡Que les habían concedido una vivienda!!

Estaba en un barrio, opuesto totalmente, a donde ellos vivían. Rita no se desmayo, pues ya sabemos de su fortaleza, pero llorar, sí que lloro… a lágrima viva.

Los niños la miraban, pero ella los consoló diciendo:

-Son de alegría hijos, mis lágrimas son de alegría.

Cosa que los pequeños no entendían…Y así, llegaron a los años cincuenta.

¡Y se acabaron las cartillas de racionamiento!

ೞ151ೞ

¡Por fin! ...Ya había pan a venta libre.

¡Qué bien empezaron los años cincuenta!

Se podía comprar, pan, patatas, aceite, legumbres. etc. etc. etc. Cuando y tantas como quisieran.

Además, Rita, Feliciano y sus hijos, estrenaban un piso precioso con todas sus comodidades.... y no tardando mucho, iban a estrenar... un nuevo hermano, el sexto.

También fue un varón, moreno como él solo, casi negrito pero precioso.

Claudia, ya era una mujercita, y seguía leyéndole los periódicos, todos los días a su madre.

Gracias a ello, Rita estaba tan bien informada.

Nunca se cansaba de escuchar a su hija leer. Como a ojos de su madre, lo hacía tan bien, ella decía que además de leer, lo explicaba.

Le leía hasta novelas. Y si eran de llorar, como decía Rita, mejor que mejor.

La paz hace crecer las cosas pequeñas, la guerra arruina las grandes.

Allá por el año 1954 atracó en el puerto de Barcelona el barco Semíramis.

Traía a 286 españoles que volvían del cautiverio ruso. Estos hombres habían pertenecido a la División Azul. Fueron voluntarios, a Alemania. Para luchar contra Rusia. Es fácil adivinar, como venían todos los días los periódicos.

¡Y en qué hora, se le ocurrió a Claudia, decirle a su madre la tal noticia!

En primera plana, de todos los periódicos, venía la fotografía del Carguero Semíramis, y todos los excautivos en la cubierta retratados. Esto duró varios días. Además, venía una lista con los nombres de todos los soldados liberados, para que sus familias los pudieran recoger, pues muchos habían sido dados por muertos.

Este fue el caso de un Capitán, que en la batalla de Krasny – Bor, le dieron por muerto. La prensa, publicó, por expreso deseo de la familia las correspondientes esquelas mortuorias, tras once largos años de cautiverio, en la antigua Unión Soviética.

El Capitán Oroquieta, que así se llamaba el soldado, regresó a España en el buque Semíramis.

Se había dado el caso, de que el señor Oroquieta, informó a su familia de que estaba vivo, en un mensaje introducido en una pastilla de jabón. Esta, se la había hecho llegar por medio de un soldado italiano, que, había sido liberado seis o siete años antes.

Todo empezó en 1941 y 1942. Salieron de España 18.000 reclutados en las plataformas provinciales de toda España. Estudiantes, universitarios y mercenarios, que, aprovechaban, el alto pago que recibían. Tanto de parte del Estado español, como del alemán.

El cincuenta por ciento de los oficiales y soldados, eran militares de carrera. Muchos de ellos, falangistas, veteranos de la guerra civil y estudiantes de las distintas universidades.

Fueron al mando del general Agustín Muñoz Grandes, pero solo estuvo un año, luego designaron a Emilio Esteban Infantes.

Partieron de España, con los uniformes, de sus unidades de origen. Del ejército de tierra o las milicias de la falange.

Al llegar a Alemania y recibir el uniforme de la Wehrmach. Los falangistas se negaron a dejar la camisa azul que llevaban. Por lo que la división se empezó a conocer como "División Azul".

El día 10 de febrero de 1943 se produjo en los arrabales de Leningrado la batalla de Krasny-Bor. Fue el más sangriento enfrentamiento en el que intervino la 250ª División de voluntarios españoles. Conocida como la División Azul, en la cual, 5.900 españoles, equipados con armamento manual, hicieron frente a 44.000 soldados del Ejército Rojo. (Obreros y Campesinos, denominación oficial de las fuerzas armadas organizadas por los bolcheviques, durante la Guerra Civil Rusa en 1918). Estos, apoyados por gran cantidad de artillería y tanques. No les fue muy difícil vencerlos.

Se produjeron, casi 4.000 bajas entre los voluntarios españoles de la División Azul.

Un total, de 45.000 a 47.000 soldados, sirvieron en la División Azul en Rusia. 8.000, fallecieron al poco de llegar. Solo unos pocos, lograron sobrevivir a lo largo de los años de privaciones y trabajos forzados.

Mientras que la mayor parte de los soldados alemanes, italianos, rumanos y de otras nacionalidades, fueron puestos en libertad, tras cinco años en los campamentos de internamiento, la mayor parte, de los prisioneros de guerra españoles, de la División azul, tuvieron que esperar hasta doce años.

Los 286 hombres que sobrevivieron, fueron repatriados de Odesa a España, en 1954. Llegando al puerto de Barcelona, el día 2 de abril, en el barco Semíramis, fletado por la Cruz Roja.

Este día de abril de 1954. Fue motivo de paralización total de Barcelona. La cual abarrotó los muelles para darles un caluroso recibimiento.

Todos los días cuando llegaban los periódicos a la casa, lo primero que hacía Rita era ver las fotografías. Luego se los pasaba a Claudia. Porque, aunque ya casi todos sabían leer, ninguno, quería leerle a ella la prensa.

Pero bueno, para eso estaba Claudia.

-Dime, hija, ¿Cuántos han encontrado ya a su familia? Léeme la lista a ver si conozco alguno.

Tampoco era raro eso de conocer a alguno de ellos. Pues cerca de su casa, vivía una hermana de uno de los falangistas repatriados. La pobre mujer, tenía en la puerta de su casa, a más de una vecina, interesándose por su hermano.

Además de algunos periodistas.

Y ahí tenemos a Claudia, que le daban las tantas de la noche leyéndole los periódicos a su madre. Y así todos los días.

Todo esto a Rita, le gustaba muchísimo. La noticia duró varios días. Cada vez salían más cosas a relucir. Tales como que, había "viudas" que se habían vuelto a casar, y ahora, aparecían los maridos, apeándose del Semíramis.

Por desgracia no volvían muchos.

Algunos, la mayoría, murieron en los campos de batalla defendiendo, una bandera, que no era la suya. Otros, los menos, volvían ahora, en 1954.

Muchas novias y esposas, que se habían quedado solas, lógicamente con el paso de los años encontraron otro amor.

Habían sido muchos los años de espera sin ninguna esperanza. Por lo tanto, rehicieron sus vidas con otras personas.

¡Cómo le gustaban a Rita estas cosas!...

No había un solo día, que no apareciese un nuevo caso. Un hombre. Llamaba a la puerta de su casa, esperando dar una sorpresa a su familia. La sorpresa, se la llevaba él. Se encontraba, con, su esposa, el marido de esta, sus hijos y los hijos del marido de su mujer. Todos, vivían en la misma casa...un lío. Pero había muchos casos iguales.

¡Con cuanta soledad se encontraron algunos!

Todos aquellos soldados, fueron héroes. Pero el que se llevó la palma, fue el Capitán Don Teodoro Palacios Cueto.

Este hombre, además, se preocupó de animar a sus compatriotas y a los que quedaron vivos, pero maltrechos, para llegar a buen término.

Palacios, cuando salió hacia Alemania, dejó una novia con la que se pensaba casar en breve. Cuando volvió, la joven, era viuda y tenía tres hijos, aun así, el capitán Palacios...se casó con ella.

A Rita, este caso le pareció de lo más romántico.

Se echaba las manos a la cabeza buscando una solución para los demás y no la encontraba.

Ella, no tenía capacidad ni poder, para solucionar, lo que otros habían estropeado...

Los periódicos, siguieron sacando provecho de la noticia una eternidad. Hasta que...

Un hombre, mató a su mujer y sus cuatro hijos y cambiaron de noticia... Siempre pasa lo mismo, los periodistas, antes y ahora, parece, que los han cortado a todos por el mismo patrón...

La vida seguía y los niños se iban haciendo mayores.

Claudia, ya era toda una mocita.

Este mismo verano. Las monjas del colegio donde estudiaba Claudia. Estaban preparando unas vacaciones gratuitas, de veinte días, para aquellas niñas, ya casi mujercitas, que no habían faltado, a clase, ni a misa los domingos, durante todo el curso.

Una de ellas era Claudia.

Pues, a pesar de que le gustaba mucho ir a la escuela. Ya se encargaba, Rita, de que no faltaran. Ni ella ni sus hermanos un solo día a clase.

El premio, se lo ganaron unas cuantas compañeras de Claudia, ella incluida. En total, fueron veinticinco chicas, todas ellas comprendidas, entre los catorce y los veinte años.

Cuando Claudia le dijo a su madre, que le hacía falta una maleta, esta contestó:

-No te preocupes, en el desván tenemos una.

Rita, muy contenta, fue a buscarla. Pero cuando Claudia, vio, *la maleta de madera*, casi se desmaya, y le manifestó:

-Pero mamá, ¿Cómo voy a llevar esa cosa?

-Pues es la única que tenemos, y, además, nosotros siempre la hemos llevado. ¡Esta maleta ha estado, hasta en Brunete!

-Pues yo no la pienso llevar, se van a reír de mí, mis compañeras.

-No se va a reír nadie de ti, ya lo verás.

Cogió Rita un pedazo de, *retor blanco*. Que siempre tenía, para hacer los calzoncillos a Feliciano y a los chicos. Y le hizo una funda a la maleta, que quedó, mejor que una nueva. Hasta con sus iniciales bordadas. Fue la envidia de todas las maletas. Quedó original y preciosa.

De todas las maneras, no era la única maleta con "vestido". En aquella época, eran muchas las que tenían una funda para tapar, el deterioro, o como en este caso, ocultar el material, de que estaba hecha...

Al final, *la maleta de madera*, disfrazada. Viajó en manos de Claudia, traspasando fronteras.

La paseó por el sur de Francia. Y ella iba tan contenta.

Iban a Oronoz, en la provincia de Navarra. De allí fueron a Lourdes, estuvieron cuatro días, e, hicieron el recorrido que hacen todos los peregrinos cuando van a esta ciudad.

No se perdieron. Ni la procesión de las antorchas. Ni la subida al Calvario. Bebieron agua de la fuente milagrosa, que brotó cuando se le apareció Nuestra Señora la Virgen María a Bernadette.

Mientras estaban una tarde bebiendo, el agua fresca de esta fuente. Un sacerdote, francés, que estaba junto a ellas, se expresó, con los brazos abiertos:

- ¡Oh, aquí está España entera!

Y es que, en aquellos años, todo el mundo vestía muy recatado, pero las españolas...mucho más. Todas iban con medias, las mayores, y calcetines las más pequeñas, por supuesto que todas llevaban los brazos tapados con chaquetas de "perlé" pues era el mes de agosto, aún así, iban muy tapaditas.

Volvieron a descansar, los días que les quedaban, otra vez a Oronoz. A las orillas del río Bidasoa.

Allí, pasaban las tardes, descansando, leyendo, charlando, jugando, y muchas veces rezando, con los pies metidos en el río. Este, llevaba poco caudal, pero, estaba, tan transparente y fresco, que incluso se podía beber.

Un día, hicieron una chocolatada en la misma orilla, cubierta con abundante y alta hierba, con las monjitas, que siempre las acompañaban. Aseguramos, que fue un viaje inolvidable y tanto Claudia como sus compañeras, se lo pasaron divinamente, nunca mejor dicho. Seguro que no lo olvidarían en toda su vida.

Rita y Feliciano tenían siempre a sus hijos junto a ellos.

A diario iban a la escuela y los domingos por la tarde todos reunidos, jugaban a las cartas.

Rita, se lo tomaba muy en serio y no le gustaba perder. Ella jugaba muy bien. Claudia era tan tramposa como su padre. Así que, entre el padre y la hija, la "cabreaban" bastante.

Cuando jugaban de compañeros, siempre iban, Rita con Claudia y Feliciano con el segundo de los chicos que era otro tramposo.

Sin que se diera cuenta Rita, se enseñaban las cartas, entre los tres, para hacer perder a su madre, solamente por ver, como se enfadaba...no lo podía soportar. Y ya era demasiado, si decía Feliciano que, el que perdiera, tenía que ir a comprar pasteles. No era por no pagar los pasteles, es que ella no se jugaba ni una perra chica. Claro que, tenía su motivo.

El padre de Rita, había sido un jugador de marca mayor, tal es así, que arruino a la familia, según contaba Rita.

Su padre, después de jugarse lo que él tenía. También se jugó la herencia que su mujer, había recibido de sus padres, y lo que ganaban sus hijos trabajando. Y, por cierto, siempre, lo perdía. Los dejó totalmente arruinados.

¿Sería por ese motivo, que ella no ponía ni una peseta en la mesa de juego? ...Seguro que sí.

La vida seguía adelante, los niños ya no eran tan niños, iban creciendo y cumpliendo años… como todo el mundo.

Claro que Rita y Feliciano los tenían de todas las edades. Entre Claudia y el más pequeño había, por lo menos, trece años de diferencia.

Uno de esos días que estaban todos reunidos en casa, Feliciano, se sentó tranquilamente en su mecedora. Dos de los niños, ya no tan niños, esperaban que se levantara su padre, para sentarse y mecerse ellos. Feliciano no se levantó, hasta que terminó de leer el periódico.

En ese momento, los dos chicos que estaban esperando turno y otro más que llegó, se subieron a la mecedora. Como no cabían sentados, empezaron a pelearse.

Que si yo he llegado el primero. Que si tú la cogiste ayer. Que yo no me he sentado en todo el día…en fin un caos.

Ya estaban llegando a las manos. Cuando volvió Feliciano harto de oír tanto alboroto.

Cuando vieron que llegaba su padre con cara de pocos amigos, trataron de irse. Pero no les dio tiempo.

Al llegar Feliciano a quitarles de la dichosa mecedora, tuvo la mala fortuna de meter un pie debajo, en el momento que todavía, quedaban dos chicos encima de ella y claro, le pillaron el pie bien pillado. El chillido que dio el padre, hizo que los chicos desaparecieran. No solamente de la sala donde estaban, si no que salieron corriendo hacia la calle, como un cohete.

Tuvieron que pasar todos por delante de la cocina, donde estaba Rita, preparando la comida.

Al verlos correr de esa manera se asustó, y ella también corrió a ver lo que pasaba.

No tuvo que preguntar. Pues vio a Feliciano cojeando y con el *cinto* en la mano (fue el único día que se lo quitó, pero no lo usó), detrás de ellos y se imaginó lo que había ocurrido.

Rita se reía.

Él se cabreaba y al final. Cuando volvieron los chavales, ya se le había olvidado el dolor del pie, que solo lo sentía por si no podía meterlo en la bota del uniforme, que, además, ese día, tenía que llevar leguis y quizá le apretarían más.

Al final se calzó perfectamente.

Ese mismo día tenía servicio en el Hipódromo de la Zarzuela y se llevó al pequeño Feliciano como hacían muchos compañeros con sus hijos, así pasaban una tarde de domingo en la sierra.

El chaval, no se libró tampoco de lesionarse, pues mientras los padres, estaban en su servicio, los chicos, se dedicaban a coger bellotas.

Para ello, tiraban piedras a las encinas y una de ellas le cayó al Pequeño Feliciano en la cabeza.

Resultado.

Se presentó en casa con la cabeza vendada.

Le dijeron a Rita, que le había caído una bellota.

U nos años después de haberse descalabrado en el Pardo.

Un día, apareció el pequeño Feliciano (que ya no era tan pequeño), vestido de militar. Tan guapo y ya casi tan alto como su padre. Todos se quedaron mudos, cuando lo vieron. Nadie se fijó en un brazalete, que llevaba en el brazo izquierdo con la bandera de la Cruz Roja. Rita, se echó las manos a la cabeza y le preguntó:

-Hijo, ¿te has alistado voluntario para hacer la mili? ¡Dios mío! ¿Por qué? Eres muy joven.

-No, mama, (el siempre le decía mama) sí, soy voluntario… pero de la Cruz Roja.

- ¿Y qué diferencia hay? Volvió a preguntar Rita.

Claudia se lo explicó diciéndole:

-Mamá, los voluntarios de Cruz Roja, hacen servicios humanitarios, desinteresadamente. Lo hacen, en Hospitales, en campos de futbol, en plazas de toros, en catástrofes, guerras y donde sean necesarios sus servicios. Casi siempre, van ayudando a médicos y llevando camillas con personas heridas.

A Rita eso de que le nombraran la guerra la ponía mala. Tenía la manía, metida en la cabeza, de que cuando sus hijos fueran mayores, habría otra guerra, (menos mal que se equivocó) y, cuando vio a su hijo tan joven así vestido…

Le costó entenderlo.

El pequeño Feliciano todos los domingos y festivos tenía servicio, bien en un campo de futbol, bien en carreras de coches, o en las carreteras cubriendo los accidentes de tráfico.

Un día, mientras, estaban todos los voluntarios en la asamblea de Cruz Roja del distrito de cuatro caminos, de Madrid, esperando que les destinasen a sus respectivos servicios…

Hubo una llamada alarmante.

- ¡Atención todos!

Dijo el capitán de turno.

-Todos a sus puestos.

-En la calle de Bravo Murillo a la altura del número 340 ha habido un derrumbe. Es un restaurante donde se celebraban dos comuniones y una boda, hay muchas víctimas.

Subieron a las ambulancias y salieron lo más rápidamente que les fue posible.

Cuando llegaron, aquello era un verdadero horror. Se habían derrumbado, dos plantas, sobre el salón del piso bajo de dicho restaurante.

Esto ocurrió sobre las cinco de la tarde. Llegaron, además de los equipos sanitarios, todas las autoridades del distrito de Tetuán de las Victorias. El alcalde de Madrid, acompañado de sus concejales. Varias unidades de la Cruz Roja, de todas las asambleas, que, en ese momento, estaban en el retén.

Había escombros por todas partes, mejor dicho, una montaña de escombros. Debajo, también, había montones de víctimas.

Era tal el caos, que los jóvenes voluntarios tardaron un poco en organizarse. Pero lo hicieron rápidamente. Los médicos, estaban todos preparados como era su costumbre y su experiencia. Los voluntarios, quizá, porque no estaban también preparados, tenían sus reparos. Pues, al ser tan jóvenes y ver aquel desastre, no sabían por donde empezar.

El caso era, que allí se necesitaban muchas manos, y no las había hasta que llegaron los bomberos y el ejército, que no tardaron mucho.

El pequeño Feliciano, (que ya tenía 18 años) reaccionó, y dirigiéndose a uno de los médicos le preguntó:

-Doctor, ¿Qué hacemos? Este le contestó.

-Ven muchacho, vamos a empezar a sacar los heridos que podamos y llevarlos a las ambulancias.

Al ver al doctor, acompañado de un camillero, otro de los doctores, hizo lo mismo. Cogió a un par de camilleros y siguió el ejemplo de su compañero.

Había muchos, muchos heridos. Pero había por desgracia, muchos más cadáveres.

Exceptuando, a médicos, enfermeros y bomberos, nadie trabajó más, que el pequeño Feliciano, esa tarde-noche.

Estuvieron, recogiendo víctimas, de entre los escombros, hasta las cinco o las seis, de la madrugada siguiente.

No hubo médico, bombero o algunas de las autoridades presentes, que no viera al Pequeño Feliciano sacando cadáveres de entre los escombros.

Se los echaba al hombro y los depositaba, primero cerca de un médico, cuando este veía, que no se podía hacer nada, lo dejaba en el lugar que tenían habilitado para ello.

El colmo llegó, cuando el pequeño Feliciano, apareció junto a su capitán, con el cadáver de una preciosa niña, vestida de Primera Comunión. No fue uno solo, de los que estaban allí, que no se le saltaran las lágrimas.

Así se pasó el pequeño Feliciano más de 15 horas, no se cansó, no comió, no bebió ni hizo intención de marcharse, hasta que ya estaba todo solucionado.

Cuando llegó a su casa (que por cierto estaba cerca), a las siete de la mañana, Rita, fue corriendo a preguntarle, que es lo que le había pasado, para, no venir a casa a dormir, él le contestó:

-Mama, ¡Qué noche he pasado!

Y se derrumbó en su cama.

Horas más tarde, les contó a sus padres y hermanos lo que había ocurrido. Algunos de sus hermanos, ya lo sabían, lo habían escuchado por la radio, pero no se imaginaban, que su hermano, estaba en tan trágico suceso.

Esta acción, le fue recompensada, por la Cruz Roja Española, con la Medalla de Plata al Valor.

Se la impuso, en una comida de hermandad, la Excelentísima Señora, Doña Carmen Franco Polo, hija del Generalísimo Franco, Jefe del Estado Español en aquella época.

Y no quedó ahí la cosa, ya que después de varios años, trabajando desinteresadamente para Cruz Roja Española, le concedieron también la Medalla de Bronce, por su labor en la fiesta de la Banderita.

Era también donante de sangre.

¡Era tan bruto! O, mejor dicho. ¡Era tan humano!

Cuando se enteraba de que hacía falta sangre, enseguida iba donde lo necesitaran. No se paraba, a pensar, para quien podía ser, su sangre, siempre, estaba dispuesta para algún necesitado.

Cundo volvía de estas donaciones le decía a su madre riéndose:

-Hoy me han sacado un litro.

-Has hecho muy bien hijo.

Le contestaba ella.

21

Una de las mayores alegrías que le dio la vida a Rita fue…

Cuando llegó Claudia con las notas que justificaban que había terminado, la carrera de Magisterio.

Rita, se quedó mirándola a los ojos y dijo:

- ¿Entonces, ya eres Maestra?

-Sí, y voy a buscar trabajo. - ¿Sabes una cosa mamá? Me gustaría ser maestra en mi pueblo, en Recas.

-Pero, allí siempre los maestros han sido mayores, Don Nicolás era mayor que papá.

-Mamá, Don Nicolás, cuando terminó la carrera, también sería joven. Lo que ocurre, es que tú le conociste ya siendo mayor.

-De todas maneras, no puede ser. Dijo Rita.

Los abuelos ya habían muerto y no tenían familiares muy allegados allí. Sus tíos y primos carnales, se habían ido a Getafe a vivir. Total…No podía ser.

Para Rita y Feliciano, lo que más admiraban en la vida era a un maestro.

Para ellos no había profesión de más altura.

-Fíjate. Le decía Rita a Claudia-. Que don Nicolás, sabía, hasta, donde estaba Navalagamella.

-Mamá, mucha gente sabe eso, yo también lo sé.

Entonces, sacó un atlas y le explicó:

-Ven mamá, te voy a enseñar, donde están los pueblos, por los que habéis pasado papá y tú. Mira, aquí está Recas. Dijo señalando un punto del mapa.

El pequeño Feliciano, riéndose, preguntó:

- ¿Y en ese punto tan pequeño he nacido yo? Ahí no cabe ni una mosca.

- ¡Anda bolo! - Dijo Claudia.

 Todos se echaron a reír.

- ¿Todavía te acuerdas?

Le preguntó su padre, que también estaba mirando el mapa, orgulloso, de las explicaciones que estaba dando su hija.

- ¿Qué quiere decir "bolo" papa? - Dijo el pequeño Feliciano.

La que contestó fue su hermana diciéndole:

-Quiere decir, hombre ignorante o necio, y ese eres tú.

-Veis, ¿Qué he hecho yo ahora?

-Bueno, bueno, dejar de pelearos, lo que yo quiero saber es donde, están los pueblos, por los que pasamos, la abuela y yo para ir a ver a tu padre cuando estaba en la guerra.

Esa tarde, se la pasaron de maravilla escuchando las explicaciones, de geografía que les daba Claudia. Sobre todo, Rita. ¡Cuánto admiró a su hija en esos momentos! Claro que el mérito era más de ella, pues hizo todo lo posible porque sus hijos, todos, aprendieran, por lo menos, a leer.

Uno de los profesores del colegio donde Claudia había estudiado, se estableció. Puso una escuela en un suburbio. El barrio de la Ventilla, en Madrid (curiosamente hoy en 2013 es una zona residencial).

El colegio se llamaba *Lope de Vega*.

Y allí fue a parar la recién estrenada profesora... la señorita Claudia.

Tenía una clase con sesenta niños y niñas. De edades comprendidas entre los seis años y los doce.

Enseguida, se acopló con muy buen pie. Los niños la querían mucho. Se daba el caso, de críos, que lloraban el primer día y cuando habían pasado algunas semanas, las madres le decían a Claudia, que ahora, estaban encantados de ir a clase.

Ella también estaba contenta.

Una mañana, se presentó Rita en el colegio, porque, a Claudia se le había olvidado el bocadillo.

El colegio era humilde y no tenían bedel. Cuando entraban todos a las clases se cerraban las puertas.

Rita llamó.

Abrió la puerta, el profesor, que estaba más cerca. Se presentó y este, le indicó, en el aula que estaba su hija.

Cuando ella llamó a la puerta de la clase, donde se encontraba Claudia, esta se abrió, y todos los niños se pusieron en pie, dándole los buenos días.

Entró, y al ver a su hija encima de la tarima. Sentada en aquella mesa, que, aunque, estaba muy usada. A ella le pareció una mesa preciosa. Se le nublo la vista y casi afloraron las lágrimas a sus ojos. Pero las contuvo. Claudia se levantó, dirigiéndose a los niños les manifestó:

-Sentaros, es mi madre. Acercándose a ella, le dio un beso y le preguntó:

- ¿Qué ocurre, mamá?

-Te traigo el bocadillo, se te ha olvidado.

Un niño se levantó, diciendo:

-No se preocupe señora, yo le iba a dar del mío.

-Gracias guapo, ya no hace falta. Le contestó Rita.

Como ya casi era la hora del recreo. Salieron todos juntos a un patio muy grande. En el que cabían ampliamente, las cuatro clases de que disponía el colegio.

Claudia, presentó a su madre a todos los profesores y cuando se marchó, a Rita no le cabía, como se suele decir, la camisa en el cuerpo.

¡Con que orgullo se marchó!

¡Lo consiguió!

¡Su lucha no fue en vano!

Su hija no iba a ser cocinera. Ni fregaría ollas. Como ella había hecho.

Mientras caminaba hacia su casa, en más de una ocasión, se pasó el pañuelo por los ojos, y es que, aunque era una mujer muy fuerte, la emoción pudo con ella.

Un día, cuando estaban en el recreo, una de las niñas de otra profesora le propuso:

-Señorita Claudia, ha dicho mi mamá, que si puede venir una tarde a casa a merendar.

A Claudia le extrañó. Pues lo lógico es que invitase a su profesora. Mirando a la niña le preguntó:

¿Estás segura, que es a mi a quien tienes que decirle eso y no a tu profesora?

-Sí, mi mamá me ha encargado, que se lo diga a la señorita Claudia.

-Bien, dile a tu mamá, que cuando quiera con mucho gusto iré.

Claudia, se fue a casa intrigada. No sabía si tenía que hablar con su compañera, Chelo. Ya que la niña que la invitaba, a su casa, era alumna suya.

Cuando llegó a casa se lo contó a su madre y esta le respondió:

-Es natural que inviten a los maestros.

-Pero mamá, la niña no es mi alumna y a lo mejor, no le sienta bien a mi compañera.

-Tú no le digas nada, hasta que sepas porque te invitan a ti y no a ella.

Así lo hizo.

Cuando pasaron, dos o tres días y mientras estaban en el recreo, otra vez se le acercó la niña, diciéndole:

-Señorita Claudia, ha dicho mi mamá, que la espera esta tarde, yo estaré esperando a la salida, para acompañarla hasta casa.

-De acuerdo, dijo Claudia.

Las clases, terminaban a las cinco de la tarde, y allí estaba, puntualmente, la niña, esperando a la señorita Claudia, para llevarla a la cita con su mamá.

Vivían cerca. Era una casa de vecindad de cuatro pisos, se veía muy humilde. Como eran todas las casas de aquel barrio de la Ventilla.

Subieron a un tercero. Llamó la niña y su madre abrió la puerta.

-Buenas tardes. Dijo Claudia.

-Buenas tardes, Claudia, pasa por favor.

A Claudia le pareció un poco raro que la tratase con tanta familiaridad. Aunque a ella no le importaba.

Pasaron a una salita. Muy acogedora y limpia con muebles muy sencillos. Había un bebe, en un "cuco" dormidito, al que Claudia se quedó mirando.

-Siéntate Claudia, ¿No me recuerdas?

- ¿Nos conocemos?

-Si… soy… Pilar Vázquez. Fuimos juntas al colegio de las monjas del Ave María. ¿Te acuerdas?

- ¡Oh!... Pilar… ¡Como no me voy a acordar del colegio! Pero tú has cambiado mucho.

-Sin embargo, tú tienes la misma cara que cuando hicimos la primera comunión.

- ¡Dios mío! ¿Eres tú? Dame un abrazo, no te hubiese reconocido. Estas un poco más gordita y tú eras muy fina.

-Claro, me llamabais "*palillo*" en el colegio.

Claudia se abrazó a ella con una gran alegría. No era frecuente encontrar a una amiga, después de tantos años. Y mucho menos a esta, que ahora la recordaba perfectamente.

Pilar, dirigiéndose a su hija le explicó:

-Mira Conchita, la señorita Claudia y yo fuimos juntas al colegio y además, también éramos muy amigas hasta que el abuelo metió la pata.

-No le digas esas cosas a la niña, ya ha pasado todo.

-A mi hija y a mi marido, se lo he contado todo, por eso, sabe que mi padre, le robó a tu madre un puñado de lentejas y dos años mas tarde, aunque no eran las mismas, se las quiso vender.

-Eran otros tiempos. Te eché mucho de menos cuando no volviste al colegio. ¿Cómo están tus padres? Le preguntó Claudia.

-Bien, dentro de lo que cabe. Mi padre estuvo cinco años en la Cárcel. Por lo del estraperlo.

- ¡Dios mío! ¿Fue por la que armó mi madre aquella noche?

- ¡No! Fue, porque se pelearon dos compañeros, al hacer el reparto que hacían siempre, al terminar la jornada. Mi padre, quería una cosa, el otro quería lo mismo. Perdieron los nervios, que ya los tenían a flor de piel, como se suele decir, y llegaron a las manos. Justo en el momento que entraba un inspector. Que además era decente y preguntó, que era lo que ocurría. Nadie le quería dar respuesta. Porque todos se estaban aprovechando de las circunstancias. Así que lo comunicó a sus superiores y salió a relucir todo el tinglado. El resto, ya te lo puedes imaginar. Por eso, mi madre, mi hermano y yo nos marchamos, a casa de mi abuela. Nos quedamos sin nada. Pues mi padre tuvo que entregar hasta la última peseta que teníamos. Mi madre, lo pasó muy mal y nosotros con ella. Pero tanto mi hermano, como yo, cuando hemos sido mayores, les hemos reprochado sus acciones de aquella época.

-Lo siento mucho por ti.

-No te preocupes. Me he acordado muchas veces de ti. Pues al final tuvimos que vender hasta la Mariquita Pérez ¿No te parece gracioso?

-Te vuelvo a repetir, que siento mucho lo que has sufrido tú también.

-Al final, en aquellos años hemos sufrido todos.

- ¿Y tu hermano cómo está?

-Bien, trabaja en el Aeropuerto de Barajas. Tiene empleo fijo, se casó y tiene un niño precioso.

-Tú también te has casado muy joven ¿No? Lo digo por lo mayor que es tu hija.

-No, yo me he casado hace año y medio. La niña no la he parido yo. Mi marido era viudo cuando lo conocí. Pero tanto él como la niña, son las personas, más buenas, que me he echado a la cara. Los tres nos queremos mucho y ahora con el pequeñín, estamos muy contentos y de momento, felices.

- ¿Cómo están tus padres y hermanos? ¿Es todavía Guardia Municipal tu padre?

-Mis padres están bien, y sí, mi padre sigue siendo… ahora los llaman, Policías Municipales. Y sigue tan buenazo como siempre. Fíjate, hace unos días en plena calle de Fuencarral, tiraron desde un balcón un paquete, de basura. Le cayó encima poniéndole el uniforme perdido. Como vio de donde caía. Subió, llamó a la puerta y le abrió un hombre diciendo:

- ¡Pase señor guardia, que yo la mato, la mato y la mato! Total, que al final casi se hizo amigo del pobre hombre, que tenía una esposa tan cochina e inconsciente por tirar basura desde el balcón. Le quiso invitar, pero papá iba a su servicio y no lo aceptó. Ahora está en la emisora nueva, o sea en el 092, en el turno de noche y ya estará ahí hasta que se jubile. Mi madre, cuando le contó el episodio de la basura de la calle de Fuencarral, no te puedes hacer una idea, las cosas que le reprochó. Lo primero: Que tenía que haberle puesto una multa. Lo segundo: Que había sido tonto, que le debía de haber pedido, que le llevara el uniforme al tinte...bueno, no sé cuántas cosas más le recriminó, nosotros no reíamos, y eso la ponía descompuesta.

-Tu madre era muy graciosa. A lo largo de los años, a mi madre no se le olvidó nunca, aquella noche. Unas veces se entristecía. Pero otras muchas. Nos reíamos recordando, cómo se puso tu madre, al ver salir a mi padre de aquella habitación.

Las dos se echaron a reír, sobre todo recordando las palabrotas que decía Rita.

Después de pasar la tarde, recordando y charlando de su vida actual, Claudia se despidió. Quedaron en que se volverían a ver.

Cuando llegó a su casa, su madre la esperaba ya con impaciencia. Pues nunca se retrasaba tanto. Enseguida, le comentó lo que había pasado:

-Mamá, te vas a quedar de piedra cuando te cuente lo que me ha pasado hoy.

-Pues, peor te vas a quedar tú, cuando yo te cuente lo mío.

- ¿Pasa algo malo mamá?

-No, no, dime lo que te ha sucedido, tu primero.

Claudia, le contó con pelos y señales, lo que le había pasado durante la tarde. Quien era la madre de su alumna y todo lo que había conversado con ella, que estaba muy contenta de haberla recuperado otra vez como amiga y que se habían prometido que pronto se volverían a ver...

Lógicamente, se quedó impresionada. Cuando terminó de contarle todo lo sucedido. Preguntó:

-Bueno mamá, ahora cuéntame, lo que te pasa a ti.

-Pues a mi me pasa...que estoy embarazada.

- ¡Mamá!

- ¿Qué quieres que te diga hija?

-Nada, nada, solo, que si sabes que tienes más de cuarenta y tres años.

-Creo que si que lo se.

- ¿Y no será malo para ti?

-No seré la única mujer que tenga un hijo con más de cuarenta…

-Y el niño, ¿No será malo para el niño?

Espero que no. Siempre he oído decir, que son muy listos los hijos de padres "viejos", dijo Rita riendo.

- ¿Eso quien lo dice mamá?

-No lo sé, pero yo lo he oído en alguna parte.

-Seguro que no ha sido en un libro, pues yo no recuerdo haberte leído nada parecido.

Las dos se abrazaron y se echaron a reír.

Pues no, no fue malo.

Fue otro hermoso y robusto varón…

¿¡Hay algo mejor que el nacimiento de un niño!?

EPILOGO

Feliciano murió con setenta años. Tenía siete hijos (seis eran varones) diez y seis nietos. Jamás tuvo ningún problema con sus hijos, ni cuando eran pequeños e iban a la escuela, ni cuando fueron mayores le causaron ningún problema. El decía que se sentía orgulloso de ellos.

Se sintió verdaderamente orgulloso cuando sorteó el pequeño Feliciano para hacer el Servicio Militar. Cuando llegó a casa y le dijo:

-Papá me ha tocado en Sanidad Militar. No cabía en sí de gozo.

Al cabo de los años el cuarto de sus hijos también fue a servir en Sanidad Militar. Este ya no fue camillero como su padre y su hermano. Según Feliciano, tenía más categoría era conductor de Ambulancias.

Mientras estuvo haciendo "la mili", el día de Nochebuena se puso un soldado enfermo de apendicitis.

Esa noche estaba el chico de Feliciano de guardia. Tenían que llevar al enfermo al Hospital de la Paz en Madrid, el más cercano a su cuartel.

El capitán de guardia organizó la salida. Iban en la ambulancia además del enfermo, el capitán, un cabo y el conductor. Este que normalmente era muy nervioso y en esos momentos lo estaba más.

Iba conduciendo muy deprisa, tal es así que al llegar a la Plaza de Castilla y darle la vuelta, la ambulancia se puso casi de lado. El capitán, quizá un poco asustado, le ordenó:

-Conductor por favor pare...y se apeó. Al rato de estar los soldados en el hospital, llegó caminando y se hizo cargo de todo.

El segundo de sus hijos hizo el servicio militar en Melilla, en Regulares, con este si que sufrió Rita. Pues ella seguía creyendo que iba a suceder lo mismo que ocurrió el 27 de julio de 1909 en el Barranco del Lobo.
Cuando el Ejercito Español fue atacado por los Rifeños y hubo tantas bajas que hasta se hicieron canciones.
Estas se las había cantado Rita a sus hijos muchas veces... ahora las quería olvidar, una de ellas decía así:

En el barranco del lobo
Hay una fuente que mana
Sangre de los españoles
Que murieron por la patria

Pobrecita madre
Cuanto llorará
En ver a sus hijos
Que a la guerra van

Melilla ya no es Melilla
Melilla es un matadero
Donde van los españoles
A morir como corderos.

A Rita no había quien le quitara de la cabeza que en Melilla seguía habiendo jaleo, aunque sus hijos mayores le explicaban que aquello había ocurrido hacía tiempo.

El tercero de sus hijos varones, fue paracaidista en Alcalá de Henares primero, luego fue destinado a Alcantarilla al entrenamiento y volvió a Alcalá donde terminó su servicio militar. Fue muy apreciado por sus superiores.

El quinto hizo "La mili" en El Goloso, este fue de Intendencia.

Ya solo nos queda el pequeño que sirvió en La Marina, o sea entre todos los varones de esta familia casi recorrieron los tres ejércitos... y porque no había más. Por lo que Feliciano estuvo muy orgulloso.

Pero a la vez lo que de veras le enorgullecía era, haber nacido en Recas, (Toledo) partido Judicial de Illescas y... haber servido en Sanidad Militar.

Tuvo la fortuna de ver a todos sus hijos hacer el servicio militar y a casi todos casados.

Rita murió con ochenta y siete años, dejó cinco hijos varones (uno de ellos había fallecido) y una hembra. Diez y seis nietos y once bisnietos. Hoy en 2013 son siete más.
Dos de ellos son gemelos.

Sus hijos estudiaron hasta que ellos quisieron, casi todos terminaron el bachillerato. Aprendieron buenos oficios y fueron hombres de bien.

Los nietos, ¡Ah! De ellos si que podía sentirse Rita orgullosa: uno Químico, una Abogada, dos Ingenieros Técnicos, otro Técnico Informático, otro tiene una librería dos de las nietas trabajan en el comercio, e t c.

Por lo tanto, todos saben leer. Que era la gran obsesión de su abuela.

¡Ah! Y los bisnietos también saben leer, menos los que todavía son bebés, claro está.

Según el hijo pequeño de Rita y Feliciano que vive en la casa de sus padres. En el desván todavía está. La maleta de madera...

Foto de Rita y su hija hecha en Toledo en 1937, para mandársela a Feliciano al frente.

(Cedida por su hija)

ಐ181ೞ

Printed in Great Britain
by Amazon